Xing zou de shu

行走的树

为 爱 就 这 样 折 腾 到 老

——❈ 上卷 ❈——

张建永◎著

海天出版社
·深圳·

图书在版编目（CIP）数据

行走的树：为爱就这样折腾到老. 上卷 / 张建永著. —
深圳：海天出版社，2019.5
ISBN 978-7-5507-2628-4

Ⅰ.①行… Ⅱ.①张… Ⅲ.①随笔－作品集－中国－
当代 Ⅳ.①I267.1

中国版本图书馆CIP数据核字(2019)第058941号

行走的树——为爱就这样折腾到老 上卷
XINGZOU DE SHU——WEI AI JIU ZHEYANG ZHETENG DAOLAO SHANGJUAN

出 品 人　聂雄前
责任编辑　胡小跃
责任校对　万妮霞
责任技编　梁立新
封面设计　蒙丹广告

出版发行　海天出版社
地　　址　深圳市彩田南路海天综合大厦（518033）
网　　址　www.htph.com.cn
订购电话　0755-83460239（邮购）　83460397（批发）
设计制作　深圳市龙瀚文化传播有限公司 0755-33133493
印　　刷　深圳市希望印务有限公司
开　　本　787mm×1092mm　1/16
印　　张　14.5
字　　数　215千
版　　次　2019年5月第1版
印　　次　2019年5月第1次
定　　价　58.00元

序

许多富贵闲人颐养天年的古玩一行里，总有些术语让我觉得颇为有趣。因它既是金石字画明月清风的盘桓处，又不过是个藏伪纳邪一翻两瞪眼的买卖行，真真假假唧里唧当的东西太多，此道中人反而不乐意说个什么真假出来，若是碰上了年份足品相好的真货，就叫"开门"。

《行走的树》怎么都得是一开门货。

时代于作者是背景而非枷锁，他似乎将世上所有好东西都圈进了自己的后院，经史子集与《纸牌屋》，字画剪纸与极限跳伞，历史思辨与打屁出恭，是真正的杂学旁收了。这书里不仅装着许多可爱的事，也藏了许多可敬可爱的人。其中着墨最多的黄永玉，正巧我也极喜欢，常想要吸多少天地之灵气才能蹦出这么一位。看作者写他就更妙，那种思想之智慧，处世之狡黠，才华之天纵，心灵之洁净，活脱脱就在那里，令人观之可亲。

然而最可亲的还是写外孙的。这里的膝头弄孙没有那些将新生命含在嘴里的小心翼翼，而是对另一个独立人格朋友般的倾诉。我真羡慕这个小外孙，等他识文断字了，去看外公的日记，他一定会找到藏在那些句子里的礼物。那是些在滩涂上等他去寻找的贝，其表承风经浪古雅锋利，其里则是明珠一斛斛，温温润润全是情。

书里当然也有又静穆又黏稠的慢板。失怙失恃与丧友之悲在作者笔下总有种非过来人不能有的克制。他写回忆深邃悠远，写悲伤则大段留白，大哀默默，更惹读者掬泪。

作为一个社会经济学的在校学生，一个文学局外人，其实只能吹着口哨给自己壮胆来为此人此书写序，甚至在我成长的忙碌年代里"写序"已然是件略显古典的事。歌德与黑格尔差三十岁，有一段忘年之交的佳话，窃以为这样的年龄差距不算什么，若是他们活在现代中国，隔了三十年早就是一段海枯石烂的距离。翻过一二十年去，脑袋里的东西变成铅字就值当哥们儿几个出去撮一顿，而如今那些思想都变成虚无飘在我们头顶，人类通过网络宣布话语独立，就像马丁·路德革了罗马教廷的命，科学的发展也革了许多文字机构的命。

说到科学，我想起一次采访中记者问霍金："科学中最美之物是什么？"他答："遥远的相似性。"今时今刻，数九寒冬，我有机会围炉给一位尤其敬重的长者写序，心下只觉得这是一场溯流而上的会面。但即使距离再远，也总有些东西可以跨过秦川汉岭，跨过帝衔王座，跨过代际沉默。

多美啊。

德国·汉堡大学

社会经济学系陈沐

（2017.10.21）

自序

这本自媒体微信随笔是压根儿也没想到的一次意外收获。

原本是为了和当时在国外的女儿保持一种"便宜"便捷的联系方式，没想到就这样触动了写作的念头。

从2013年开始，每天都写，几乎没有中断过。不过那个时候就每天百十来字，不算多。到了2015年后最多的时候一天有五六篇，且都是千字文。连自己都惊讶，这发的是什么"癫"！

但是，写这种微文好像会上瘾似的，这不一弄就八九十万字下来了。要是一开始就给自己订个什么几十万字的写作计划，八成会泡汤。那得费多大功夫啊。可是，如果不当成任务，而以此作为与生命相随相伴的一种对话、私语和独白，那多有意思。就这样，每天笔耕不辍，慢慢地就这样把一些思想碎屑和情感微澜集腋成裘，弄得有些模样了。精简筛选之后，形成了现在这个样子，奉献给大家，就图个乐。

退休之后，基本上在乡下"流窜"，无意中跨到了文化产业和旅游产业的地界。弄了几手，好像宝刀未老，还能够倒腾几下。担纲创意策划并撰稿写作的大型旅游演艺《魅力湘西》，连续十年进入全国旅游演艺票房前十位。首战成功激起了我对学术思想的重新思考。为什么不能放下架子，把所谓的高深理论和社会实践结合起来？原来本人学的文艺学、美学，玩的是"高精尖"，喜欢玄之又玄的理论。有时候玩抽象就喜欢深奥到无极。现在细想起来，我们固然需要元理论创新，更需要思考将理论如何直接作用于社会进步和经济发展。加之退休之后，有机会拿出更多时间参与到社会发展中去，便越发干劲十足，乐此不疲了。

微信随笔，仅仅是退休之后几乎"不占时间"完成的作品。记得有朋友为我担心，写那么多微信，得花多少时间啊。如果拿出来写作其他"正牌"文章多好啊。仿佛在慨叹微信"毁了"我的"才华"。这也怪不了弟兄们担心。都几十万字了，不花时间行吗？

其实，我这微文还真没花完整的时间，全是"马上"得之。这几年跑乡村旅游规划、策划和咨询，从张家界一直南下到怀化永州，翻山越岭，过河入林，跑遍了湖南西北、西南部。我的"坐骑"差不多每个月要跑七八千公里。我的微文绝大多数是在车里写的，全是碎片化时间，一般人都会毫不吝啬地随风抛掷。这些别人看不上的时间，我捡拾起来，在晃荡的旅途中把思维转化成文字，这是最好的"废物利用"啊。要知道，碎片化时间干高深哲学研究肯定不行，写鸿篇巨制也不行，拿来随手像玩个"蝈蝈"，又能找出点趣味、闪光点岂不乐哉？这还真练出了点"绝活儿"。我在副驾驶位置上，无论行驶在平坦的高速路上，还是崎岖颠簸的山道上，我不仅能写且眼不花头不晕，双手像弹钢琴一样，麻利地打出文字来，而且一不留神百十公里路程就走完了。晚年了，像个"练家子"，竟然掌握了一门"术"，看来，在高校之外江湖上混口饭吃还是可以的。

以前写文章，讲究书卷气，基本上是研究性文章。那是灯油熬尽的苦活儿，是正规军的打法。为此写了一辈子。出版过比较"深奥"的美学文艺学论文和专著。其实这个时候内心在生命运行过程中获得的有些感受一直想用文学方式表达表达。苦于没有时间，又苦于当下文学本身的变异，对那种"精心装饰过的文学"有一种反感。当下不是"机械化""自动化"写作，就是把形式当成唯一重要的写作，再不就是"协会写作"，大家互相吹捧，弄得乌烟瘴气，好坏失准。因此，很难得动笔。

倒是在自媒体时代，微信这种形式，为我们真诚写作带来了生机。在这里，你可以不必考虑玩"穿靴戴帽"的文字游戏，可以不必顾及一些所谓的格式——所谓编辑顾虑。这样，至少为"真诚"留出了一条生路。这或许是疗救我们当前文章"腐败"的一剂良药。我的这些微文便有这样一种小企图：尝试用大众日常生活口语来写，看看是不是能够给本身就是同一类生命的其他受众带来愉悦、快乐，由此一起去思考一些问题，感受一些被"宏大叙事"忘却了的平凡生命的价值，沐浴被忽略的挤压在命运石缝中的人性的灿烂之光。

这一定是一个平视角度。与生命平视，与所有人平视。决绝地放弃所谓文化人的"教谕"身份，庄严地确认自己的平民身份。这样，所有伟大和普通在我这里都获得同等地位。论人论事，拒绝被权威和流行"拐骗"牵着走，只拿自己全部生命所得拷问观察对象，保持生命验证的真实性，自然也不可避免地留有局限性。但这恰恰就和微文形式保持同构：不追求那种打磨得光滑如玉但失真的东西，而追求粗粝的、原真的带有生活鲜味的思考。

这部自媒体微信随笔还真不是"预谋"而成的。开始就是为打发时间。写着写着，就有朋友建议集结出书。还有些朋友说这些文字有趣味也有嚼头，出版出来一定有价值。特别是雪峰山公司陈黎明先生直接建议出书，而且由他来资助。这下就把老汉心中的欲望打着火了。接下来，深圳出版集团副总经理、深圳海天出版社社长聂雄前先生也感兴趣，指派编辑来组织责编。这下闹大了。

既然是微信随笔，必企图和自己以前写作风格有所区隔。微信作为新出现的事物，微文也是一种新的体裁，因此一定有新的变革。

本着这种意识，从内容上说，我尽可能玩点"杂"。从风格上说，我尝试各种笔调，侃大山口语化的，内心独白的，抒情柔和的，雄放阳刚的，既来点幽默辛辣嬉笑怒骂，也来点书卷气味重点的，更多的则是民间大众街坊里弄的。从描写对象上说，人物白描，不求全面，但求个性，力争见字如见人；景物描绘，注重借景抒情，力争感动自己也感动别人；针砭时弊，讲求从实际出发，不照搬理论，整点有用的。从描写范围说，远到世界各地，近到身边数百个村寨，以湖南西部为核心画了一个圈，对武陵山区、雪峰山区做了深入考察。

我在微信中写了近百十个人物，有点"世说新语"式。这些人物既有举世闻名的大家，也有街坊里弄引车卖浆者，既有道德文章高标独秀者，也有性格有瑕疵但善良真诚的普通人。我试图在大人物和普通百姓之间找到一种共有的真善美，表达除了机缘使然，人有群分、群有层分之外，骨子里但凡能够坚守真善美的人，就是我钦崇和提倡的。

由于是自媒体微信随笔，因而，在文字上努力追求轻松活泼，幽默机智，追求大众风格、口语化。探索一下幽默机智以口语为主要色调的文字，也尝试一下雄浑劲健追求宏大格局的文字，再不就是来点柔美旖旎、玩点缠绵悱恻的文字。一句话，你来得，我来不得？沈从文先生说他一辈子的文字都是习作，那是谦虚之说。我这个还真是习作。与真正的作家相比，对文字做精到的处理还真学不会，也不太愿意学。总觉得文字是为真情实感服务的，而不是反之。

在内容上，将但凡生命中遇到的有趣味、有格调、有性格、有惊讶、有价值，值得思索、感动情怀、引起兴趣的人和事尽可能写进来。

在人物白描中，有老一代作家沈从文、丁玲等；有理论家徐中玉、钱谷融等，艺术家黄永玉、刘焕章等；有新锐作家莫言、格非、田耳，艺术家梁志天、老狼等，还有百十个极普通的人物。对这些人物的书写，绝不以先验主义为指归，而是以个人的深切感受为基础。因此，这本书里百十个人物绝大多数是和自己有交集并凭个人感受书写出来的。

在情感方面，不依宏大叙事，而关注生命中感动过的东西。

人匆匆忙忙在这个世界走一遭，总得干点什么，留点什么。我在自己专业上已经匍匐案桌一辈子，教授了三十几届学生。但是，生命并没有以退休为终止，这颗心还在跳跃，因此，血液浇灌的脑细胞还在活跃的当下，用自媒体微信随笔方式进行表达，非常实用。现在一天不写，便像缺了什么似的，于是，带着自媒体微信随笔思维方式，脑细胞便一直在活跃着。这对预防老年痴呆或者推迟它的"造访"也许有点用处。

既然是自媒体微信随笔，便把追求"平民化"作为我的对标。比方说，我选择由谁来给我作序就一改惯例，没有请名声赫赫的大家，而是选择了一位90后大学本科在读学生。我想看看一个人"风烛残年"，思想不死，还能不能和年轻人接得上火。我把一个老年人对社会的观察样本请一个90后看，就是想看看在未来的思想天空里，有我们老人家的空间吗？从陈沐小朋友的《序》里看，感觉还行。这也是我们这把老骨头感觉值价之所基。

记不清楚看到哪一本书介绍有个民族对待老人的方法。他们把风烛残年的老人提前背到山顶先前挖好的洞穴里，每天送饭，直到老人归天。这种做法好坏且不去评说，至少有一点就是这个老人对这个家庭基本丧失了"用处"之后，就被安置在别处，不让其影响家人。从历史总是翻开新的一页来说，这也无可厚非。这种民俗同时对老人的活法有份启迪：倚老卖老不干事，或者倚老卖老乱干事，总是年轻人嫌弃的原因。老夫晚年不寄望高高在上去"教谕"谁，也没这个本事，但是，也不想做寄生虫，倚门望天黑等待"那一天"到来。于是，发觉微信写作真是件好武器，能够把老年生命"残汤剩羹"的碎片化时间转化成有点价值的时间，除能够促使自己手脚灵便，脑子灵活之外，还能把涵泳了几十年的生活历练提升出来，用自由灵活、随意放松的形式传达出来，给世界另一种色彩，岂不乐哉！

附打油诗一首：

老汉任性歌

老教书匠，退休颐养。

走乡串寨，胡乱吸氧。

村头小坐，村尾打鼾。

屙点野屎，吃点粗粮。

乡野撒尿，肥沃土壤。

扯个哈欠，打哈瞌睡。

淋哈微雨，晒哈太阳。

吹哈山风，喝哈凉水。

瞄哈风景，瞧哈姑娘。

吃个猪脚，打哈饱嗝。

咬坨鸡腿，剔哈牙床。

抬腿走路，弯腰爬山。

喊哈嗓子，调哈口味。

拍个微片，发条微信。

讲句微话，来点微意。

开口微笑，搞点微想。

移动互联，江湖勿忘。

远交近亲，朋友一场。

人生易老，只有一趟。

物我两忘，江河汤汤。

随手打油，无需他呛。

匆忙成章，看官自享。

老汉任性，自拍自唱。

目录

第一辑　雪峰絮语

第二辑　情感微澜

雪峰絮语

开篇的话

在故乡，寻找生命中的关键词。

你玩名山我走小川，你游江河我行小滩。你守着灯红酒绿，我携满袖晚风满眼余晖，把乡风村韵披在肩头，把蛙鸣鸟啼装进行囊。行走故乡山林，不为别的，只为寻找生命中失落的关键词。

在六十年生命长征中，走过太多激流险滩，累了，疲了。如今牙松如风铃，皮皱如老树。故乡，在你的字典中，能给我几个有用的关键词吗？

没有任何力量能告诉我应该是什么关键词，但是，我感到我或许已经得到了。佛教有个词，叫作"遮诠"，意即凡是对一种事物要明确界定之时，便是这个事物被局限枯萎之日。为了不遮蔽事物的真谛，最好的办法是"遮诠"，通过"悟"来更加宽阔地理解世间的万事万物。生命中无法表述的几个关键词，我以感觉悟道的方式把它们融进血脉中，构成张氏表达方式，铺在沿路的风景中。

大地艺术

——山背梯田的新乡村审美主义

农耕时代创造的东西被工业时代否定了。工业那种无孔不入、无事不能的功能让人类一下子蒙了。于是，原有审美被彻底颠覆。那种机械的、整齐划一的、逻辑的审美替代了有温度的手工操作，审美走向高冷风格。工业时代数百年过去了，后工业时代人类突然发觉，情感不可度量，审美不可划一，个性不可称重，思想不可装框，一切与精神、情感、性格等相关联的东西都应该有自己的独特轨迹。生命的自然张力是不愿被摁倒束缚在逻辑框架里的。于是，人们虽不再会回到农耕时代，回到手工时代，但是那种饱含着个性和生命热度的产品，被重新置放到心灵神龛之上。比如，农耕时代那种在崇山峻岭中开垦出来的梯田，就再次回到审美视界里。

我去过龙胜梯田、元阳梯田。这次回到故乡怀化，朋友建议我去溆浦山背梯田看看，都说那是一个花瑶聚居区。梯田、花瑶是诱惑我的两件好武器，于是驱车前往。

盘旋数十个弯道，真可以用上毛泽东那句"跃上葱茏四百旋"，终于到达雪峰山上。这座具有划界意义的大山真可以用上"巍峨"两字，海拔最高处近两千米。体量大，海拔高，雄气逼人。

随着海拔升高，山背梯田尽收眼底。那万千梯田，一摞摞，一沓沓，一层层，一片片，铺天盖地延展到山的尽头。

梯田在发生之初，与审美无关，只关乎生命存活方式。古人云："仓

⊙ 雪峰山山背梯田（张建永/摄）

廪实而知礼节，衣食足而知荣辱"，其实这"知"的不仅是"礼节"和"荣辱"，还有"美丑"。当人们酒足饭饱时，就有大量时间和财力超出生命需求，而开始追求精神需求。于是，用于解决生命问题的梯田，就成了慰藉心灵的艺术。而梯田这种形式的大地艺术，以其巨大体量和变化无形，在浮华喧嚣的时代，轻轻松松就能掳获当代心灵。

那些随物赋形，因山就势，把线条艺术玩到极致的梯田，给人视觉以强烈震撼。它变化造势于天地之间，无形之处。没有一丘田是呆板的样式，没有一根线是重复的线条。那些由千百条田坎构成的线条，远远超出人们创造它的原初动机。它们像曹仲达的"曹衣出水"，勾勒出大山的骨架结构，展示迷人的腰身和精壮的背脊；像吴道子的"吴带当风"，显示大山的飘逸俊秀，在霞飞云落之时，如"八十七神仙卷"众神款款行走，裙裾飞扬。它们藏章法于无法之间，千变万化，无所尊崇，龙蛇狂舞，活生生把空谷大川拨弄出一片蓬勃生机。

特别是春雨骤降，农夫耕耘之后的梯田，那是水的奇迹。一片片大小不一、形貌不同、高低不平的水面，就像婚礼上一座座叠加起来盛满美酒的酒杯柱，高举在苍山白云之下，仿佛诸神在举杯同庆春天的来临。晨昏之间，阴晴之际，梯田就像一位魔幻现实主义大师，把七彩云影狂揽入怀，洒得天下赤橙黄绿青蓝紫。它是莫奈的印象派绘画，是张旭的狂草，是李白的"梦游天姥吟留别"，是杜甫的"观公孙大娘弟子舞剑器行"。

　　春夏秋冬，梯田就像贵妇那样，四季换装，妖娆妩媚。

　　晨昏阴阳，梯田就像哲学家，默默地讲述自由的魅力、超越的价值和变化的魔幻。

　　在乡村游设计理念中，这类大地艺术具有无限魅力、法国普罗旺斯的薰衣草、西班牙酒庄的葡萄园、龙胜和元阳的梯田，以及这次登临的溆浦雪峰山脉的山背梯田，都是心灵的鸡尾酒、包谷烧、拉菲，一杯下去，你就会醉倒在天边！

（2015.3.15）

一路唱回故乡

——新乡村审美主义案例

在怀化溆浦穿岩山山顶，大康牧业原董事长陈黎明在这里做了一次突破。这家伙不仅把猪养上市，而且在乡村游方面"胆大妄为"，超乎想象地把欧美乡村别墅建到深山老林里，在视觉上与湘西原乡土味形成强烈反差，造成视觉上的强大冲击力。

说他胆儿特肥，是因为他创意巨大。雪峰山作为湖南贫困地区，跟欧美一点都不搭界。可是他脑洞大开，和美国南卡州木屋公司一合计，

⊙ 雪峰山穿岩山景区欧洲木屋（雪峰文化研究会/摄）

就把纯粹的美国木屋建在纯粹的中国山区。创意任性，用料也很任性。所有木材全是美国本土上好柏木，密度高、纹路美、色泽靓，具有和田玉的温润和豹纹的狂野。特别抢眼的是，这幢木屋藏在雪峰山茂密的原始次森林里，临崖而筑，气势非凡。登临此处，一派"远山总在呼唤，清风总是徐来"的感觉油然而生。酒吧酒窖一应俱全，咖啡雪茄味道醇美，既是小资、白领、有闲阶层以及那帮会花钱能挣钱的90后、00后小厮们来此度假的胜地，也是会耍几笔张黑女、颜真卿的书法家，弄几句长短句的诗人，说几段故事的小说家们蒙头创意的清凉地。

乡村游应该有多种形式、多种层次，绝不能拘泥原乡而放弃世界。新乡村审美主义讲究的是依财力、据资源、跟市场、靠人气，只要市场有需求，就可以百花齐放。北京延庆"原乡美利坚"就做得风生水起。湘西，也完全可以依照条件，既做彻底的符合湘西文化的原始乡土风味，也可用世界时尚心理追求新元素。这就像毛主席打仗一样，只遵循战争规律，绝不死磕军事理论，最后以成败论英雄——说不论的，都是骗人。

新乡村审美主义是具有巨大弹性的一种理念，在乡村游发展中，它能不择细流而汇千江百川。

（2015.5.2）

一片冰心在玉壶

如果黔阳古城一把火烧它个精光，它也会因为王昌龄"一片冰心在玉壶"而存留于世。一座古城，与一位古人和一首经典名诗相关联，它就值得招摇过市。更何况，它的余风余韵竟那样浓烈地存在。它比丽江古城老1400年，比凤凰古城也长900岁。冷落它，是怀化的错，就算你修一万栋摩天大楼，也抵不过它一截短短的小巷和龙标①那一句温馨的诗句。这位千古暖男是黔阳古城永不衰竭的魂灵。

很多年前，我曾误读黔阳古城。那谁，带我走古城，差不多两分钟穿城而过，忽悠我说都拆掉了，搞得我扔下一堆遗憾而离开，以为古城已不复存在。这次，要不是因为想看看高椅古村，就不会留下来看黔阳。结果高椅古村桥断了，过不去，看不成，反过来成就了与黔阳古城的第二次握手。

感谢高椅，没你召唤我就不会留下来看黔阳。

黔阳古城是倔强的，多少次血火鏖战没抹掉你，多少次政治癫狂没荡平你，除去经年毁掉的部分，那七街八弄居然把老夫搞得晕头转向，找不着北。国家级重点保护建筑多了去了，深宅大院虽残破不堪，但依然桀骜不驯。长街小巷，陋室穷屋，一溜儿排开，或走之字，或行八字，把数百年烟云吸进瓦楞墙壁。风火墙上的蕨类藤蔓像诗歌，像小调，撩拨路人驿动的心灵，用朦胧往事温暖今人。

黔阳古城和邻居洪江古商城比，那一身贵族气睥睨一切。洪江在它

---

① 此处指王昌龄。

面前就一暴发户小开，满身铜臭，竭力摆谱。就算黔阳衰败，那也是竹林七贤，狷狂骨感，高蹈不羁。里耶古城，一袭烟雨，都是现代人的仿古建筑——历史早被湘西人民消灭了。王村总是拦住过往客人，像阿Q一样，令人厌倦地重复着：我祖上比你阔。最让人心疼的是浦市，那十里长街，现在全是一堆垃圾，幸亏还有康家大院、陆军监狱几幢古宅，否则到哪里去找寻湘西魂魄。

黔阳也遗憾。遗憾东家并不怎么欣赏它。怀化处在大湘西交通枢纽，现代化被等同于工业化，急剧发展的经济，催逼人们慌乱发展。那啥，叫作GDP的怪兽把文化历史和现代文明对立起来，怎么弄都跳不来同步均衡发展的舞步，总是颠三倒四手忙脚乱，按下葫芦浮起瓢，把一座历史古城折腾得奄奄一息。

那满大街红灯笼俗不可耐，就像破落户贵公子太阳穴上贴的狗皮膏药，俗得让人难受。真想给你一巴掌，我的故乡人，祖先那么好的家业，就不能做一个好的孝子，维护好，建设好，传承好？

（2015.5.3）

真人版陈黎明

不来就不来，一来就吆喝喧阗，带一大堆怀化老乡，男的女的老的少的到吉首大学看老夫。什么节奏！这家伙干事可能就是这样，要么不干，要干就尽全力干。

上回去了趟溆浦，看了他精心营造的穿岩山欧美风情别墅和山背花瑶梯田，从做事气派到行为路数看，这家伙是吴用的头脑加上武松的胆子，再加上宋江的情商，再加上小李广花荣的精准打击，逢山山倒，遇水水退，简直无所不能。就说猪吧。他就把猪养成了股票，养成了股权，养成了上市公司。这在湖南还是第一家养殖业上市公司，一下子从股市圈钱数十亿元。正在事业顶峰，他戛然而止，退出大康，再一次从乡村干起，投资几个亿，把山背花瑶梯田打包整体建设，试图做成中国最美、最舒适、最便捷、最温馨、最震撼的度假休闲旅游胜地。

有头脑就这样任性，有头脑加上又有钱，就更加任性，有头脑有钱再加上又有胆，这任性起来，谁招架得住！

他做乡村游，给每家农户床上订购的是品牌床单，宾馆的洗浴用品，每周用车拖到指定工作间集中洗刷打理。在山背花瑶农户家里你可以美滋滋地做春梦香梦。这在全国也不多见。

他做乡村游，四乡八寨，山川沟壑都亲自用自己的脚丈量，目测和感受，然后出想法和创意。绝不因为屁股下坐着几十亿元资产就当老爷，呼东唤西，指南打北，支配别人去跑腿。他是把自己的脚板当成办公桌、测量仪、海拔表，当成圆规和平衡尺……翻山越岭。

这家伙韩国明星样式，长一双眯眯眼（当然他母亲生他时，韩国还正在发展中，还没现在这样引领时尚），要放到现在，那可是80后、90后们争相追逐的眼睛。

他算得上是一部传奇。

溆浦这个地方地处湘中和湘西接榫处，既有湘中人的机灵，也有湘西人的霸蛮。两者一结合，怪才奇才辈出。一不留神就出了个中国《辞海》主编舒新城，历史学家向达。向警予那都不用说了，小学课本中就有。当代王跃文，就好生了得！先玩一把官场小说逗你们玩，再玩一把纯文学吓死你们。什么《漫水》《大清相国》《爱历元年》，不仅是畅销书，还都奔文学史流芳百世去的。再加上这个陈黎明，溆浦真是人才辈出啊。

溆浦是深含底蕴和霸气的。无怪乎文脉不断，霸气逼人。

（2015.5.12）

⊙ 左二陈黎明（雪峰文化研究会/摄）

那山、那人、那狗

——侃一个雪峰山野放的姑娘

朋友黎明有一女，谓之陈沐。未见其人，先见其文。大概是做父母的通病，爱女心切，昨晚黎明把她女儿写的一篇文章发给我，高速路上不敢看，留待家中夜读。

这一看，好生了得！叹曰：黎明所有财富不敌其女一个。

到底是这雪峰山养大的孩子，一个女儿身，其文字洒脱大方，文气飘洒俊逸，小处着手，细腻且生动，大处拿捏，父女情深似海。看得出，陈沐读书甚多，以顽皮空灵之山区野孩子的心灵，装古今中外之名典华章，融会贯通，不做作，不虚饰，不矫情，不发嗲，洋洋洒洒，把个艰辛奋斗的父亲和女儿对父亲的深情，表达得淋漓尽致。

想来，女儿这篇小文，一定把黎明这个当爹的灌得迷糊不知所以，即或被卖了也会替女儿数钱。

总是在山苇灌木中疯跑的女孩，总是赤足踏溪，裸背翻山，把爹做的裙裾乱扔的雪峰山山谷里的女孩陈沐，她长大了，成了德国汉堡大学经济系的学生，一个真正的"留德华"。

这孩子，打小爹妈忙，没惯着，任由她和山笋、麂子、野猪一起长大，在她只有一两尺高的时候，爹爹正处于生育高峰，一哗啦给她生了个弟弟。正好，那些野猪、野狗说不来人话，这个弟弟那就是宝贝啦。她成天带着弟弟，跑得比野猪快，溜得比眼镜蛇灵，追鸡抓猫捉狗，掏蛐蛐，捡红薯，无所不用其极，大山粗犷、峰巅辽阔的品格印入陈沐灵魂之中，

⊙ 左一陈黎明、左二张淑萍、左三陈沐、左四张建永（雪峰文化研究会/摄）

活生生在她女孩柔美细腻的思维肌理中，涂抹上洒脱大方、无拘无束的阳光调性。

这孩子啊，靠山吃山，依水恋水，云是如何飘飞，雨是如何骤降，闪电是如何任性，雪花是如何纷飞，都构成她自由随性的特征，那思维决计不会服从学校条条框框的挤压，她"偶然"逃脱了国内那种只会"服从""遵循"而不懂质疑的陷阱，成就了这孩子的"自由之精神，独立之思想"。陈沐就是陈沐，独一无二。

正因为如此，她读过同龄人没读过的许多书籍，思考过同龄人没思考过的许多问题，站在同龄人没站过的思维角度、问题角度发问、质疑和辩难。

她自然也写文章。一开笔就不是八股文，没有学生腔。那文字行云流水，一看就知道不是冥思苦想憋出来的，仿佛率性地拿着狗尾巴草，对着蓝天，画出只有自己能看得出的各种线条。她的文字，是罡风掠过草尖的自然呓语，清泉浸润草根的汩汩美声，不虚不伪，天然去雕饰，且夹杂一些山之野性。

陈沐这孩子，质朴得跟穿岩山的石头一样，把心裸得跟玻璃一样透

明，怎么看都看不出是亿万富豪的女儿，没有公主病、学生腔和那种发嗲的小资女人味，她就是雪峰山风吹雨打催熟长养出来的山之精灵。

她和她父亲最大的矛盾是：一个爱狗，一个吃狗。这事只怕我也没辙，本人也热爱狗肉。真的，那香味真难拒绝。孩子，上帝说原谅三种人，酒鬼、青年和诗人，建议再加上一类人，吃狗肉的人。

如今，写文章的比看文章的多，拿起笔来，能码几个形容词的人堆山似海多了去了。可是，那种不掉书袋，不端不妄，不欺不骗，不矫情不伪作的好文实在太少。特别是真情实感，率真淳朴，健朗明快，风格独异的好文更是凤毛麟角。陈沐写她和她爹的千字文，就是雪峰山上的野生茶，与江浙的碧螺春和龙井相比，更醇美野性，回甘悠久。

（2015.8.25）

⊙ 雪峰山孩子陈沐（张建永/摄）

雪峰武陵同育君

——记阿朵一次在生养之地的行走

受雪峰山生态文化旅游公司老总陈黎明先生邀请，阿朵重返外公外婆生养之地溆浦县。外公外婆同属溆浦低庄人，外公肖家湾人，外婆来自赤竹溪。毫无疑问，阿朵"母本"是溆浦人，"父本"则是张家界人，一句话，纯正的湘西人。父亲和母亲各自带着武陵山和雪峰山的文化基因，会师湘西吉首市，诞下吉首伢儿阿朵，从此，中国娱乐界便多了一位极有个性的湘西明星。这个伢儿打小调皮，喜欢恶作剧，喜欢独自创造性地捉弄人，喜欢蹦蹦跳跳唱唱闹闹。十二岁之前，她常常回到溆浦肖家湾，跟外公外婆小住。乡野雏菊的芬芳和猪狗的机敏都组成了阿朵的世界。童年记忆牢固而美丽。即或多年以后，阿朵还能清晰记得。这一切也都融进了阿朵对世界的艺术把握之中。《世间没有一无所有》《一花一木》都真切表达了她对世界的感悟。

由于机敏过人，歌一唱就会，舞一跳就成，多余的时间就开始动脑筋使坏，于是，符莹（她的书名）成了老师爱之不够、恨之不能的家伙。

就是这个家伙，虽是女身，却一身充满反叛精神，书读着读着就要去跳舞，上了她爸妈最不希望她读的艺校；舞跳着跳着就要去当兵，瞒着爹娘偷着考了二炮文工团。别人是父母拎着烟酒去部队说情让孩子参军，她父母则反着来，提着烟酒求部队不要收留他们的孩子。退伍时，爸妈希望她留在体制内，她却要到体制外，爸妈希望她以军官身份退伍，她却要以士兵身份退伍。她一生犟着和世俗习惯拧巴着来。就像我在写黄永玉先生的一篇文章中说黄老身上有一种"犟卵精神"，这个武陵山和雪峰山养育出来的小家伙，也是一身的"犟卵精神"。

她在出道时，选择了青春性感路线，一举成功，她的火辣舞蹈和魅惑声音，都成了一种独特符号，传达着生命的向往和期许。一时成为街谈巷议的热门话题。2005年央视春晚，她的"再见卡门"热了半边天。实话实说，那时的阿朵，真不在老夫视野范围里。尽管如此，阿朵一枝独秀，拥有亿万受众，是不争的事实。

后来阿朵选择了沉默，几乎是遁迹于无形之中。

她重返自己的生养之地，在大湘西穿梭来往，在武陵山脉和雪峰山脉之间踽踽独行，深思远眺。她凝目苗族刺绣，花瑶挑花；倾听苗鼓阵阵，唢呐声声……乡间的一切世俗欢笑、族群言语以及民族艺术元素，都撞击阿朵的心扉，使这颗放浪形骸、思无羁绊的独立灵魂，找寻到归依处。她能静静地倾听山之呢喃，水之汩汩，倾听雪峰山罡风拂面，武陵山翠竹摇曳的天籁。

黎明先生在溆浦故乡迎接远飞的大雁归巢，带着这个半途捡拾回来的小妹行走溆浦山山水水，在雪峰山生态文化旅游公司开发的景区流连忘返。看到阿朵执着艺术的精神，黎明先生对此有解。他说溆浦女人只有两类，一类如向警予，生命火辣，坚韧倔强，勇往直前，属于打不死的程咬金；另一类温柔贤良，顺从平和。阿朵自然属于前者。只不过向警予把这种精神用于革命，阿朵则用于艺术。

生命是一条流动的河，阿朵遁形并不遁心。她在武陵山和雪峰山两大山脉之间盘桓，或许在捡拾生命的柴火，祈望用灵魂深处的热度，为她的生养之地点燃希望之火。

（2015.10.26）

我的平安夜在路上

——夜奔穿岩山

平安夜这个西方圣诞节日，中国人精灵古怪地玩嗨了。而此刻，老夫和身上有八块腹肌的特种兵朋友，驾车远离城市，向着雪峰山黑咕隆咚的深山老林飞奔而去。那山、那人、那屋、那河流都已经深深印在灵魂里，几天不去，竟然怪想念的。

一辈子灵魂都在路上，仿佛没有归程。很小的时候；就盼望着流浪。高尔基在俄罗斯伟大的山川河流以及小镇上的流浪竟然成了我的梦想。几个朋友常常策划怎么逃离父母的"魔爪"，去一个没人管束的地方。可是这一天没有来到，到来的是一纸户口牢牢将生命焊接在一个地方动弹不得。于是，开发出灵魂游历的想象力。

终于退休了，可是生命已经进入不再能活蹦乱跳的年纪，到了不断有人给你让座的阶段，就像杰克·伦敦小说《一块牛排》中描写的那位老拳击手，在经验最丰富的时候却输在了体能上一样，老夫现在已近黄昏，到了"不敢乱说乱动"的年纪了。

生命的结构都是一样的，但生命的运载方式却一定不同。老夫知道如不能让生命伟大，也一定要让生命的成色好些。于是，一头扎进大湘西武陵山和雪峰山巅峰和沟壑里，找寻和捡拾失落的岁月。

其实，不管是安居还是旅行，心都在路上。所有的梦想和追求，不是需要解决物理空间距离就是需要解决心理距离。女儿生下来了，送去读书，就是给她安装行走的能力，先让她的心走，走向远方，走向书本描述的理想国。后来女儿出国了，走得更远了。但是这都不算远，直到她组建了自己的家庭，我才知道，那才是真正的远行。她的心将离我们越来越远，她的路途上，丈夫和儿子才是行走路上最开心的旅伴。

回忆我们自己，也是一直在路上，走近父母，离开父母；走近孩子，远离孩子；走近朋友，也疏远朋友。就这样，一直在行走，在路上。

平安夜，在路上。亲人和朋友，也许物理空间里，我离你们很远，但在这静夜里，无论我在哪片星空下，我的心将走近你们。

翻山越岭，历时两小时四十分钟，抵达位于崇山峻岭山崖上的朋友之家，那一盆旺旺的炭火和挂满屋梁的腊肉，温馨地诠释山野中人性的温度，熟悉的大黄狗摇尾示好，拉近了人与自然的距离。朋友已经睡去，一天劳累，他一定蜷缩在老木屋里，孤独地掩藏在苍松翠柏和竹林中。旁边就是他花了数千万元建起来的欧美木屋，所有材料和工程师都是从美国南卡州来的，如此地道的豪宅，朋友一天也没进去住过，他创造财富拥有财富，却没有因此失去当年奋斗时的精神，真是"富贵不能淫"啊。拥有这种定力之人，就是非凡之人。

他一直在路上，没有停歇……

老夫也一直在路上，一直行走着……

（2015.12.24）

鸿雁衔来的一首诗

　　楚巫湘沅腹地，雪峰重峦叠嶂，不知道什么时候，南飞的大雁，看中了溆浦这一片苍翠欲滴的群山，收回倦飞的翅膀，纷纷翱翔下滑，降落在一座山头。它们把万里飞翔时眸子里摄下的美景，酿成一首首诗歌，为这座山峰的美丽鸣叫。于是，这里被后人称为雁鹅界。

　　雁鹅界是鸿雁衔来的一首诗。

　　它古老得像《诗经》的"风"，把民间古朴情感倾泻漫山遍野。山苇摇曳，枫叶飘飞，分明传达着情感的律动。

　　它真率得像汉《乐府》，从不掩藏对四季的欢歌，把春芽、夏阳、秋叶和冬雪袒露在眉梢、脸颊和唇齿间，化作夜的缠绵和冬的俊俏。

　　它隽永如唐诗，任凭炊烟描画丰收喜悦，鸡鸣叙写白云人家。丰腴的山冈和金黄的庄稼，那是李白长歌，沧桑的柴门和随风而逝的枫叶，那是杜甫低吟。

　　它还是宋词，长长短短的日日夜夜，深深浅浅的心心念念，无尽的飞雪和桃花飘扬的交替轮回，就像一双红酥手，为你把乡愁捧上，像知己红颜的临别馈赠……

　　雁鹅界，是一首千古绝唱。

（2016.1.22）

⊙ 穿岩山雁鹅界古村落（雪峰文化研究会/摄）

观苍山

曹操有《观沧海》，那是千古名篇，不可复制。老夫作《观苍山》，非比曹操，而是借其势以成文。

从水库往回赶，一到山背万亩梯田，便顿生万丈豪情。当此时辰，红日西沉，霞光蔽天，决眦极目，天高地阔，著名的山背梯田，层层叠加，从山顶一直飘逸跌落到峡谷，春天的梯田，它不是田，而是千万面造型各异的镜子，反射着天光，耀人眼目。

山背数万亩梯田据说从先秦开始打造，历经千年而不衰，是中国农耕文明的经典之作。它顺山势而为，依水源而筑，将一座体量巨大山势陡峭的雪峰山北麓，建成蓄水能力极强的倾斜的大湖，堪称世界奇迹。

山背还是瑶族分支花瑶的世居之地。花瑶自古命途多舛，被历代统治者逼至高山。顽强的求生欲望，激发出伟大的创造性。他们筚路蓝缕，开山造田，丰富了农耕文明，创造了世界一流的灌溉技术。

面对山背，浩瀚不足以描述其渺远无垠。万亩梯田绵延十五华里，从海拔五百米处往上直攀一千四五百米，气势宏阔而壮美，屹立山顶，仿佛从宇宙俯瞰大地。

观苍山，必揉碎拘谨小气，荡涤卑琐微贱。不拥抱阔大远迈，不足以证明你男人过，汉子过！雪峰山，就是男人山、父亲山。万亩梯田，那是父亲万片铠甲战袍，披挂在天地之间。从旁走过，那是人生万幸，如能得其一气势，一眼界，一心胸，一情怀，便是人生最大之收获。

老夫幸与雪峰山一晤。或云生山岫，或大雨滂沱，或霞光万道，从此走过，便胸能装万壑，情能承万钧，思能接千载，志能成自我。

⊙ 雪峰山山背梯田（雪峰文化研究会/摄）

在山背可玩大地艺术、农耕节庆、民俗技艺，玩无动力滑翔、山地自行车越野、冰雪运动、公路滑板、徒步、定向越野、环雪峰山公路骑行、溯溪、攀岩、飞拉达、热气球，玩山居民宿、野奢酒店、帐篷汽车营地……总之，这是古代农耕文化最伟大的创意基地，当代都市人群最舒心的度假休闲养生天堂。

（2016.3.19）

龙潭宗祠和龙潭人

一

沅水上游有一条支流叫溆水，发源于县南廊梁山，出幽谷而入沅水。两千多年前，此地因一位伟大诗人而著名。这一带史称溆浦。据称，三闾大夫在溆浦创作了《涉江》《离骚》《九歌》《天问》《渔父》等作品。这一观点好像有争议，但至少《涉江》在这里创作没有异议。屈原在他的作品里，把浪漫主义情怀发挥得淋漓尽致，成为中国古典文学最重要之一端。

从文学地理学看，也许可以这样说，溆浦是中国浪漫主义重要的发源地之一。当然，究竟是屈原成就了这块土地的浪漫主义精神，还是这个地方成就了屈原的浪漫主义精神，就很难说得清楚。不管怎样，至少那种尊重内心情感、坚忍执着、不计功利的精神是互为烘托影响的。

这个地方自古属蛮夷之地，楚巫精神弥漫，敬鬼信神，尚武好斗。到汉代独尊儒术之后，儒家精神迅速抢占精神高地，与楚巫文化融合发展，构成这个地方丰富复杂的精神面貌。加之本土土壤肥沃，人民精耕细作，龙潭富甲一方，成为经济文化相对突出的地方，形成一种比较独立的地域文化。尽管这一带属溆浦行政区划，但是从全县经济态势看，他们常常因为有一定优势，便在言语中不自觉地和溆浦人撇清关系，只说是龙潭人，仿佛他们不是溆浦人。

在龙潭最大之震撼不是别的，而是它至今还保留了五六十座宗祠！

从新文化运动开始，近百年维新雨露和革命风暴，都是冲祖宗遗产而来的。横扫千军如卷席的百年革命，摧枯拉朽，荡涤一切旧文化。毁坏宗

⊙ 溆浦龙潭吴氏祠堂（雪峰文化研究会/摄）

祠自然在所难免。

但是，奇怪得很，在别处迅速被消灭的宗祠在龙潭却被保存了下来。如今几十座祠堂屹立风雨之中，展示了这个地方人民的倔强、固执、勇敢和智慧人格。

问龙潭人这些宗祠何以保留，文化遗产如何能够幸免？为什么独独龙潭人能扛住？回答很简单：你们打倒谁都可以，打倒我祖宗不行！

由此便知龙潭人不好惹。

二

1945年4月9日到6月7日，雪峰山爆发了一场"湘西大会战"。这次战斗中国军队完胜，日本完败，中华民族多年抗战，尽管已经遍体鳞伤，但仍然像一位大侠，最后时刻，翻身一跃，使出绝招，一剑封喉，结束了对手性命，亮出了中国人的威风。

当时日本发动这场战争的目的，是想最后一搏，干掉芷江机场，打通进攻重庆的大通道，做垂死挣扎。日方由板西一郎为司令官，投入五个师团共十万余人。中国方面以何应钦为总指挥，九个军二十六个师，十多万人。双方投入总军力近二十八万人，在雪峰山展开血腥大战。其中第四方面军由王耀武将军率领，在龙潭一带展开攻击。

龙潭人在这一战中，充分表现出同仇敌忾、团结御侮的大无畏牺牲精神。战时龙潭祠堂，虽为祖宗圣地，但为了国家民族，各祠堂家族子孙纷纷将家庙腾出来做指挥部、野战医院和士兵营地。当地乡绅、商人、教师、学生、屠夫、铁匠等民众纷纷组织起来，民团、家丁也不计前嫌，一并挥舞刀枪杀入敌阵。

战争在白热化阶段，龙潭家家户户无人不出力，无家不赴死。他们最自豪的是龙潭没出一个汉奸！锄头、镰刀、菜刀、杀猪刀和火铳、猎枪全部派上用场。各种组织包括共产党、国民党、三青团、袍哥……都不分彼

⊙ 溆浦龙潭抗日阵亡将士公墓（雪峰文化研究会/摄）

此，全力拼搏。

从抗战不出一个汉奸，到"文革"不准捣毁祠堂，可明显感受到龙潭人倔强到莽撞、坚韧到顽固的彪悍厚文的人文精神。他们从小在宗祠里接受的家国情怀，浓厚而壮丽，平凡而伟大。每到关键时刻，便熠熠生辉。

战争结束后，龙潭人为悼念死难兵士，竟然破例在家族宗祠里为这些马革裹尸的烈士立了牌位，用家庙为他们的游魂遮风挡雨。这恐怕是龙潭首创！即或"文革"风声鹤唳，他们顶多只是把烈士英魂牌位藏起来。

人在做，天在看。龙潭人的精神使前来吊唁的烈士后裔，感动得"泪飞顿作倾盆雨"……

（2016.3.29）

一代鸿儒出深山

——《辞海》主编舒新城

记不清是小学几年级，父亲就拿着厚得像砖头一样的两本大书告诉我，这是咱们湘西人主编的工具书，这个人叫舒新城，溆浦人。这是最好的工具书，你想要的知识都在里面。

于是这两大本《辞海》就一直跟在我身边。就算是到知青场也带着。没有书读的时候，就看看词条，差不多是囫囵吞枣地看。记得有些词条还配有图画，是钢笔画那种，挺好看的。

没想到，就是这孩提时代结下的缘，居然在几十年后，因一个偶然的机会，与这位鸿儒的故居有了零距离接触。

舒新城在溆浦一条小河边长大，跟别的孩子不一样，他不仅记住了炊烟、老牛和稻田，还在私塾屋檐下，把知识搭成了通向世界的桥梁。

不必细说他的全部成就，仅出任《辞海》主编这一事，就值得说道几句。那时候国内学术界知识界牛人不是牛津便是剑桥，不是哈佛即是耶鲁毕业。如若不是舒新城的学养和人格，百科全书式的智慧和组织能力，《辞海》这部工具书的"主编"大任怎能落到他的头上？试想没有渊博的知识和锐利的思想，谁能揽下这"瓷器活"？要让那些学术泰斗、思想先锋内心服膺，还真得有金刚钻，否则揽不了这瓷器活。

《辞海》构筑了整整几代中国人的知识结构，现在还在发挥经典威力，成为一种最具权威的知识裁判、概念定型大典。这部大典的伟大价值在于：给中国人画下了浩瀚无垠的知识版图，构成中国人的知识细胞，为刚刚走出封闭不久，正在现代化进程中极速前进的中国人，提供了充分的知识储备和思维训练。

舒新城这位"乡下人"，与现当代一大批学术巨擘并辔前行，他们属于世界，属于未来，他们开创了一派热气蒸腾的思想世界，至今都让人怀念和钦崇。正是这批人，为真正意义上的现代中国做出了巨大贡献。他和他们，值得国人骄傲。

斯人已逝，精神不灭。溆水河畔，芳草萋萋……

（2016.4.14）

⊙ 溆浦舒新城纪念碑（雪峰文化研究会/摄）

⊙ 舒新城纪念馆，作家彭学明（左）和陈黎明（右）（雪峰文化研究会/摄）

一片冰心在雪茄

兄弟陈黎明去上海出差，与中国著名三大男高音之一的魏松先生聚餐，席间，黎明老弟见魏松正在大口吐纳雪茄，便说自己有一兄弟也是茄客，索要雪茄赠兄弟。魏松豪爽之人，二话没说，便立马把一盒上品鱼雷雪茄相赠。电话那边黄钟大吕之音倍儿好听。都是茄客，心有灵犀，都是坦荡率真之人，一通话便引以为兄弟。

早知魏松大名。特别是他和世界三大男高音之一的帕瓦罗蒂简直就像两兄弟。一蓬"飞扬跋扈"的胡子，一头曲卷缠绵的卷发，再加上高亢靓丽的音域，把这个高音世界席卷到灿烂辉煌之境界。

魏松师从周小燕、王维德、李维渤、杜玛等教授。在《西厢记》《图兰朵》《托斯卡》《仰天长啸》《乡村骑士》《巴黎的火炬》《茶花女》《奥涅金》《楚霸王》《卡门》《雷雨》《蝴蝶夫人》《奥德赛》等中外歌剧中担纲男主角。这可是真功夫。和流行歌手比，嗓门一打开，不用麦克风，震死一百个周华健、周杰伦（华健、杰伦也是老夫喜爱的歌手，咱仅从声音响亮度侃）。

魏松是中国的帕瓦罗蒂。不仅形似，更重要的是水平搁那儿去了。他原本中音区就漂亮得一塌糊涂，几乎无人能相媲美。后来通过深入钻研，他的高音美如云雀，仿佛金属脆响，绕梁三日不绝于耳。《奥赛罗》是声乐喜马拉雅山，高峻奇险，国内几乎无人敢于攀登。由于魏松唱功深厚、外形伟岸，他成了《奥赛罗》专业户。他用自己的成功证明中国人的声乐天赋和才情。

歌剧是最见真功夫的音乐类别。音域宽广，旋律多变，内涵深厚，不是一般歌手能驾驭的。可惜国人大众耳朵浅，只装得进流行音乐，一听歌剧就傻眼了。要么装腔作势硬挺着，要么打瞌睡。老夫是审美广谱性动物，在维也纳市政大厅露天音乐广场，能听一周卡拉扬的交响乐，也能在体育馆听费翔、张学友。可惜魏松兄演唱《我的太阳》没亲耳听过，非常遗憾。但我能想象，现场感一定如歌词一样：

啊！多么辉煌灿烂的阳光！

暴风雨过去后天空多晴朗，

清新的空气令人精神爽朗。

魏松的歌剧虽没听到，倒是先抽上了魏松给的鱼雷雪茄。也好，韵一口，在口腔里打两个转，那家伙，一片云烟出岫，万种风情来仪。

接下来就矛盾了。是过瘾抽完，还是存留下来，百年之后那可是文物啊！

那真是：

丘吉尔的烟斗，魏松的雪茄！

（2016.5.16）

雪峰山的"瓦尔登湖"

——寻找心灵的瓦尔登湖

150多年前，一个叫作亨利·戴维·梭罗的美国作家写了一本取名《瓦尔登湖》的著作。在这本书中，正像他自己说的"为生活做减法，为思想做加法"一样，他把自己的生命置放在大自然中，过滤掉各种杂芜，以一种纯粹的自然之身，享受没有工业化尘埃的自然美景。他的书就像一坛老酒一样，随着岁月的延伸，受到越来越多的重视。在物欲横流、人类以征服者身份虐待自然之时，他的自然主义和生态主义思想再次引起人们关注。

《瓦尔登湖》书中的"瓦尔登湖"由此声名鹊起，成为世界著名的旅游胜地。

面对纷繁复杂浮躁喧哗的社会和日益恶化的生态环境，梭罗的口头禅是："Simplify, simplify, simplify."（简朴，简朴，简朴。）他的"简朴"就是回归原生态，尊重自然，保护生态。他看到人们为了追名逐利，被物质世界彻底异化的现状，提醒大家要把时间腾出来，深入生命，品味人生。

非常遗憾的是，他的这些杰出思想还是被拜金主义遮蔽了，人们的贪婪心态依然在自掘坟墓，把我们唯一赖以生存的地球折腾到满目疮痍。

回到"瓦尔登湖"，应该是当下人们必须选择的一种目标。

雪峰山文旅公司正在雪峰山脉打造全域旅游，应该是也必须是中国的"瓦尔登湖"。所谓瓦尔登湖，不是照抄，而是对其灵魂和精神的弘扬。

⊙ 雪峰山湖泊（雪峰文化研究会/摄）

要建立"文化先行、生态为根、回归自然、尊重生命、康体健身、快乐人生"的理念。这应该是雪峰山旅游的最高目标。

雪峰山具有五大优势：文化优势、生态优势、景观优势、交通优势、理念优势。其中理念优势就是要在中国风起云涌的旅游产业发展中，以生态原始性、文化原生性、景观原初性、人性原本性、生活原态性为标高，来与自然对话，与人性缠绵。

从目前雪峰山几大景区看，山背的高原平湖就是中国的"瓦尔登湖"。其象征意义深远流长。尽管它的面积不大，但是由于它地处山顶，海拔一千三百多米，垂直高度达八百多米，延展百里范围内没有任何工厂，水质清澈，空气透爽，负氧离子浓度高，环湖森林茂密，灌木星丛，草甸连绵，年平均气温12.7℃，视野开阔无垠，极目远眺，舒心荡胸，是人间一大极乐世界。

最关键的是，雪峰山文旅集团所秉持的观念与百年前伟大的生态主义者梭罗先生不谋而合。在原始、原生、原初、原本、原态五大原则下，敬

⊙ 雪峰山湖泊（雪峰文化研究会/摄）

畏自然、道法自然、顺从自然、保护自然。这是一个有着"瓦尔登湖"理念的生态文化旅游集团。

在建筑上，尽最大力量保持山体原貌；在材料使用上，努力维护原始结构肌理；在环保理念上，尊重植物，哪怕每棵小草。

这里，将是国际最有魅力的观光度假休闲胜地，是户外体育拓展活动的绝佳场所，是益寿延年康体健身的福寿天堂，是民俗民族历史文化深度体验的活态博物馆。

这里还是都市人群心灵的"瓦尔登湖"，它静谧、幽僻、壮美、秀丽、澄澈，视野辽远到无极。它远离尘嚣，如世外桃源；心远地偏，能虚怀若谷；目及千里，可澡雪精神。这是一个以自然之态唤醒人类重返自然的高洁境界。

《瓦尔登湖》从初版只卖出2000册到现在光是版本就有200多种来看，它的热卖表达人类已经意识到《瓦尔登湖》代表了一种追求完美的原生态生活方式，是当今生态环保主义者心中的一面旗帜。

瓦尔登湖的神话就是人类与自然相磨相荡、相拥相生的理想，是生态环保主义者的精神旗帜，是回归自然、道法自然的伟大象征。

雪峰山文旅集团的实践，就是中国的"瓦尔登湖"实践。它师法造化，敬天尊地，敬畏生命而与日月同辉。

（2016.5.28）

沅水双星映日月

——沈从文和舒新城

一

在湖南武陵山以东、雪峰山以西广袤的沅水流域，历来被赋予蛮荒、贫穷和愚昧的概念，仿佛这地方不是杀人越货，就是巫蛊遍野。两千多年前三闾大夫《涉江》所描绘的景象，使人愁肠寸断。至今，他的吟哦低唱仍然沉重地压得人喘不过气来：

> 入溆浦余儃徊兮，迷不知吾所如。
>
> 深林杳以冥冥兮，乃猿狖之所居。
>
> 山峻高以蔽日兮，下幽晦以多雨。
>
> 霰雪纷其无垠兮，云霏霏而承宇。

即或是百十年前，这块土地依然因落后而被视为野蛮人居住的地方。

根据文化地理学观念，大湘西出壮汉健妇、草莽英雄，那是顺理成章之事，可是，最令人诧异和不解的，就是在这弯曲泥泞的小道上，却走出了两位在中国现代化进程中声名隆隆的文化巨擘：沈从文和舒新城。他们几乎都是在"五四"旋风下，对改造国民问题产生兴趣，都在用手中之笔，针砭时弊，出谋划策；都在都市现代化急剧发展、传统和现代被撕裂，旧道德和新思想顽强对立的现实中，用自己的学识和智慧扎扎实实埋头苦干，不随附潮流，坚守初心，顽强掘进，进而成为思想家性质的文学家和出版教育家。他们是武陵山和雪峰山共同孕育出来的两大"文曲星"。

非常巧的是，他们出生的地方在一条纬度上。舒新城出生的溆浦，在北纬27度19分，沈从文出生的凤凰，在北纬27度44分，相差只有20多分。这倒不是宿命论，而是人的心理底色往往由他出生的地方所浸染，带上这个区域文化的特点。就像上海人的精明、山东人的忠厚……都是地域文化熏陶使然。这个纬度加上两地相距不到两百公里，自然、文化、历史乃至于习俗风情宗教信仰等，都十分接近，因此沈、舒二人的心理底色就有许多相同处。

比如"古道热肠"。沈从文当兵出身，舒新城读书出身，同属底层，加上出生地都处于经济落后地区，进入都市都须超出常人努力而不能。当他们事业做得风生水起之时，并不像许多人，反过来装绅士、摆架子，过一把以前在底层艳羡的"文明人"派头。许多"乡下人"在跻身上流社会后都开始纷纷洗白自己的过去。沈、舒二人则不同，他们不仅没有去洗白，而且有意识地坚守与生俱来的文化特征，并且以极大热忱帮助处于窘境的青年人。

沈从文帮助年轻人已经家喻户晓，中国现代文学史上许多赫赫有名的文学大家，在出道时都得到他的精心呵护。王西彦、萧乾、汪曾祺在回忆沈从文给予的帮助时，都感恩不已。

舒新城也是这样。他在推行道尔顿教育制度，研究中西教育理论方面已经做出巨大贡献之时，依然不忘帮助提携奖掖后进。现代文学史上著名女作家庐隐，被称为与冰心、林徽因并立的三大才女之一，她在回忆母亲早逝之后，是舒新城召集相关人员为之善后的情形，感恩之心溢于言表。钱歌川，著名作家和翻译家，台湾大学文学院院长，当年与鲁迅、茅盾、田汉等人从事过文化运动。他在中华书局做职员时，在舒新城手下工作。舒新城发现钱歌川才气了得，在资助他出国深造方面出力最为积极。他利用自己的影响力，主动给中央研究院院长蔡元培和教育部部长王世杰去信，极力推荐钱歌川，并为他争取到出国考察资格和五百元大洋。

这种不计报酬、助人为乐不仅是一种观念上的美德，在湘西人身上，简直已内化成习惯。江湖义气，侠客精神，两肋插刀，全力相助，都在不自觉的状态下熔铸于他们的灵魂之中。1947年，沈从文在天津《益世报》

刊出启事：有个未识面的青年作家，家中因丧事情形困难，我想做个"乞醯"之举，凡乐意从友谊上给这个有希望的青年作家解除一点困难，又有余力做这个事的，我可以为这个作家卖二十张条幅字，作为对于这种善举的答谢。这种字暂定最少为十万元一张。我的办法是凡是要我字的，可以来信告我，我寄字时再告他如何直接寄款给那个穷作家。这个作家就是后来大名鼎鼎的柯原。

二

沈从文和舒新城，这两个"文曲星"都出生在北纬27度的大湘西。这里属于亚热带气候，空气湿润，植被繁茂，奇山异水，地老天荒。对植物而言，是催生分蘖发芽飞籽的好地方；对动物而言，是诱发倾慕爱恋分泌力比多的绝佳地。这个区域在秦属于黔中郡，在汉属于武陵郡，楚巫文化弥漫，浪漫主义精神充盈。屈原一身委屈，遭贬谪此处，深入楚地，在苍茫山水间和巫蛊巫觋中，感受到强劲的超越性能量，思维获得超拔现世的穿越力，浪漫主义思维被发挥到极致，成为中国古典浪漫主义滥觞。

于是，大湘西武陵山和雪峰山夹辅中的这块广袤丘陵地带，浸润人心陶冶人格的便是想象丰富、情感真挚。缠绵处绝不轻言放手，激烈时绝不临阵逃脱，敢作敢为敢干到顽固。

正因为如此，沈从文和舒新城这两位文化大师，在爱情问题上，几乎步调一致。他们都爱自己的学生，都爱得惊天动地，都演绎了一场倾城之恋，最后，都携手走到终点！

他们爱自己的学生，这在当时，需要勇气。尽管那时"五四"精神高涨，但是传统势力依然十分强大，师生之恋非常人敢为。文化旗手鲁迅鲁大师敢干，平庸之辈则难以超越旧道德藩篱，而沈从文和舒新城两位文化人用实际行动践行了"五四"精神。

沈从文爱的对象是自己从教的上海公学学生张兆和。张出身苏州名门，形象姣好，特别是在体育方面出类拔萃。那个时候，别说女子搞体育，就是剪短发、放足都是天大的事。看张先生年轻时在运动场上那张飒爽英姿的照片，就足可知其思想的解放程度。

那时，沈从文虽然是一位老师，但是身上依然有浓厚的乡下人特征。这在贵族豪门中长大的女孩子张兆和思维里一下子找不到参照物，沈从文显得那么遥远那么陌生，和她思维图景中的白马王子毫无关联之处。所以，她基本不给痴痴写信献爱的沈从文回信。不仅如此，还一怒之下，抱着沈从文写给她的一大堆信件到校长胡适先生那里告状。当胡适告诉这个淳朴女孩，沈从文"顽固地"爱她时，张兆和狠狠地甩一句"我顽固地不爱他"扬长而去。

这种椎心言辞搁谁身上都受不了，但对顽固且痴心的沈从文不起作用。他傻萌萌地依然"顽固地"每天写信。真应该把"功夫不负有心人"，改成"功夫不负顽固人"。是沈从文顽固地不退却，才最终掳获张兆和的芳心。

舒新城对学生的爱恋更是惊世骇俗。1924年，舒新城已经在国内颇负盛名，被邀请到成都高等师范学校教书。这个时候沈从文还刚刚从湘西北漂到京城，一贫如洗，正蜷缩在酉西会馆，做他的作家梦。而到成都的舒新城已经名满华夏。他不仅是名人，更是一个时尚名人。那个时候，他出现在成都人面前常常是西装革履，并挎一架照相机。20世纪20年代玩相机是什么概念？告诉你吧，比现在玩私人飞机还让人震撼。他的摄影技术非常高超，演讲水平那是杠杠的。演讲几乎已经成了舒新城的标志性文化特征。那时，他正在宣扬欧洲教育思想，这对刚刚进入现代社会的中国，不啻新潮，简直就是振聋发聩。拥趸和粉丝一大片。

舒新城知识渊博、思想新潮、观念时尚、忧国忧民，加上和学生亲近无间，像一团火一样温暖激励着学生。对追求上进、渴望新知识、热爱生命的学生来说，不产生爱慕都不可能。正因为如此，他的学生刘舫（刘济群）对自己的先生无法不生爱慕。这个才华横溢的女生，不由自主走上一条从敬仰到爱慕，最终到爱情的浪漫之路。

但是，这条浪漫之路并非花香鸟语，一路顺畅，相反暗礁四伏，暗器横飞，若不是友人帮助，很可能葬身谤言陷害之中。

当校长知道舒新城和刘济群关系超常，顿感舆论压力十分之大。他专门找到刘济群谈话，要求她转学别处。不果，旋又找舒新城麻烦，开全校教师会，以诱惑女生、师生恋爱为名，要缉拿舒新城。甚至扬言，抓不住可以就地枪决。事情闹到这种地步，形势十分危急。好在军警赶到舒新城住处时正好他不在。他刚到著名文化人李劼人那里议事。军警赶到，劼人豪气担当，出面与军警周旋，周旋不成则闹之，企图拖延时间，让舒新城逃走。据舒新城在《我和教育：三十五年教育生活史1893—1928》中记载，当时场面颇为紧张："易装甫毕，即闻门外人声嘈杂，劼人乘酒兴出，与大闹，我乃由岳安乘间引至劼人舅氏后院短墙边，扶我逾墙跳至邻居，邻人初以为盗，大声呼喊，岳安告之，且同逾墙，始获无事。劼人之闹，则为故延时间，使我能安全逃出，经过半小时之争辩，劼人卒令督署宪兵及学生代表入室搜索，不得，乃将劼人捕去。"李劼人慷慨大义，为朋友两肋插刀，旧时文人那种友爱忠诚可见一斑，感人至深。

当时，舒新城和刘济群尽管互相爱慕，顶多也只属于新文化运动潮流中的男女亲密关系，但在遭遇世俗和武力干预后，反倒促使他们走得更近。舒新城反思这段感情时说：刘济群"似乎不是一般青年尤其年未二十女子所能有。平时我们的思想本多相通，此次结成生死之交，人格上之感应力更大，在当时我们固然说不上恋爱，但自此而后，彼此的潜意识中都有爱苗在滋长"。于是，1931年，这对师生终于结为秦晋之好。

两位湘西文化名人的师生之恋，是"五四"民主、科学精神的个性化体现。他们的爱情之舟，破浪前行，爱情之花，灿烂美丽。楚人的浪漫，湘西的倔强和沅水的缠绵，奠基他们爱之灵魂。

斯人已去，沅水无尽……

（2016.5.30）

父亲与溆浦

——国立师范学院和我们父子

⊙ 孟宪承

⊙ 我父亲张志怡

　　趁在北京看孙子的闲暇，查看了国立师范学院（湖南师范大学前身）简史。在国师编年史中发现在抗战期间（1944年至1946年），学校曾经搬迁至溆浦马田坪，为期两年时间。我记得父亲说过他是1946年从国师教育系毕业的。掐指一算，他应该在1942年入校，因此也一定随校迁至溆浦，在这个湘西比较富裕的地方安静地读过两年大学，直至毕业。也许正因为如此，我在小时候就看到他和住在隔壁的溆浦籍老师舒绍强先生关系比较好。而且，在我读小学之时，他就用溆浦人舒新城主编的《辞海》给我启蒙。想来，大致跟他青年时期在溆浦度过的两年时间不无关系。

　　少年时，我曾经不觉得国师是个什么好大学。那时我的脑子里只有北大、清华才算得上好大学。而且自己的外公就是京师大学堂（北京大学前身）商科毕业的。麻阳就出了这么一个。怎么父亲不去读京师大学堂，而去读什么师范？父亲解释说，那时候家道中落，读不起综合大学，只有读师范。国家对师范生特别优惠，不仅不要学费还食宿全免。再说，他说了一大串学者的名字，说这些人都是国家顶级大学者，都在国师教书。

直到我读了大学，才知道父亲说的人是他们：钱基博、钱锺书、皮名举、孟宪承、陈传璋、高觉敷、刘佛年、储安平等大学者，个个如雷贯耳啊。

父亲读的是教育系，跟孟宪承、高觉敷、刘佛年关系密切。他们不是哈佛就是剑桥毕业的，上课全用英文。父亲英文好也得益于这些名师。中华人民共和国成立初期，孟宪承在上海出任华东军政委员会教育部部长、华东师大校长，曾嘱咐父亲去华东师大教书。无奈当时湘西大学生奇缺，一个教师的调动，竟然被时任教育厅厅长的朱林森阻止。朱厅长是父亲的好朋友，他一挽留，重情重义的父亲就迈不开步子了。

国师后来在抗战复原中解体了。一部分教师留在湖南，并入湖南大学，再后来组成湖南师范学院，也就是现在的湖南师范大学；一部分教师回到北京、上海和南京等地的大学，其中孟宪承、刘佛年等就到了上海。

国师西迁时之所以选择溆浦，有几个方面的原因。其中最主要的是当时溆浦县当地主政者和乡绅不仅爱国，更是有远见卓识。他们认为一所大学迁到本地，对当地教育和文化将会产生意想不到的效果。当时教育部督学黄龙生（溆浦人）就鼎力支持西迁溆浦，本地陈遐龄将军、李济民县长做积极策应，当地乡绅巨贾都慷慨解囊相助，让房的让房，给地的给地，全力以赴帮助国师建设。在抗战最艰难之时，溆浦民众顾大局、承大义的举动彪炳千秋。

我后来考研究生，无意中选择了上海华东师大，似乎冥冥之中有一种召唤。考前我和武汉大学、人民大学、南开大学一些著名教授有信件往来，他们都非常欢迎我报考他们学校，而在华东师大我不认识任何人。但是，当我把这几所大学的考卷拿来分析之后，我偏偏喜欢华东师大学术自由的风格，于是决定铤而走险报考这所学校。当我走进这所大学时，看到校史中的记载才知道，华东师大也奔涌着湖南国师的血脉。于是，我和父亲也算得上是校友了。

（2016.7.30）

静夜思

——山乡夜归人

和黎明一行在雪峰转山，不为别的，只为这大好河山和明月松岗，只为他和这深山老林里一位朋友的几十年友谊和旅游开发。

他的兄弟在溆浦中都，位于雪峰山深处。不说这山的巍峨高耸，单说它的崎岖险阻，便是惊魂摄魄的精彩去处。上溯几十年，贺龙带领红二方面军从此处经过，山高路陡，成了白军望而生畏的地方，却是红军的保护屏障。崇山峻岭掩护了这支队伍，使之汇成暴动洪流。再上溯三百多年，李自成退守此处，也是靠雪峰山的艰难险阻得到休整时间，据说他们据守溆浦达六年之久。这里山高林密，坡陡路险，构成雪峰山易守难攻的特点。

这次黎明探路寻亲，老马竟然迷路了，在夜色森然的山冈上，一不留神就陷入了"山穷水尽"之境地。车队开进了一条久年无人问津的毛坯路，两边杂树藤蔓差不多遮挡了前行视线，黑黢黢的深谷张开吓人的大嘴，仿佛要一口吞掉车队。看样子这里一定爆发过山洪，道路被泥石流狠狠虐待蹂躏，路上全是脸盆和脚盆大小的石块，它们胡作非为，占道打劫，搞得我们像筛糠一样，一路"车震"前行。

终于在星月高悬之夜，摸进村庄。黎明结交三十多年的兄弟和他重演了"故人具鸡黍，邀我至田家"的古道遗风。

古村依山而建，狗吠蝉鸣，越发显出古老悠远。酒精从不同型号的嘴进入胃中，演化出每个个体的千般状态。在心中酝酿了几十年的真情，便化成唠唠叨叨、烦烦琐琐的絮语，虽语无伦次，但"胜却人间无数"。看

行走的树——为爱就这样折腾到老　上卷

42

得出这几十年的兄弟，都在酒精作用下享受重逢的快乐。

老夫年衰体弱，架不住这两兄弟久别后的"长篇小说"，便告辞上阁楼准备入睡。谁知这阁楼也是怀旧的场景。四壁都糊满了发黄的报纸，有些已经脱落，在夜风中飒飒作响。窗棂洞开，糊窗的纸也充满诗意地残破着。最让人怀旧的便是那浓郁的猪屎味鸭屎味的混合"香型"，袅袅潜入鼻孔，一下子便让我穿越到四十多年前，分不清今夕是何年。

以前只知道歌声是怀旧的利器，这会儿才知道味道那才是怀旧重器！因着那股微酸的、分明是在猪圈中酿造很久的味道，裹挟着久远年代的故事和人物，一并浮入眼帘。在我的生命中，在同一种味道中，一同度过苦难的父亲母亲，你们今夜会入我梦中吗？

楼下，黎明和他的兄弟依然在酒精的催化下说着只有他们懂得的话语，远处，狗吠之声描述了山谷的空旷。

人是记忆动物。一千多年前的大诗人苏轼都不能免除"静夜思"。怀念这杯浓酒让他不能自已，他的经典悲情持续发酵了千年，今夜再次席卷我心："夜来幽梦忽还乡……料得年年肠断处，明月夜，短松冈。"

我四十年前风雨飘摇的老屋和我的父亲母亲，我在这阁楼里，在四周糊满报纸的空间中，在萦绕我们共同味道的时空里，想你们……

（2016.9.9）

山背成色

秋分时节，山背熟了。

稻子黄，枫叶红，山苇白，姹紫嫣红，真是烂漫九月天。草木丰腴了一个夏天，开始枯瘦而显得矍铄，朗朗身板把风搅起呼哨，让肌肤浸润在朗润的秋里。

在海拔一千五百米的高原台地上，山背的成熟让人微醺。刚刚收割的稻秸断裂处，吐露出一股新鲜草味，弥漫在空气中，给人强烈的故乡感。天涯望断，孤鸿掠过，上万亩梯田一层层叠罗汉似的从山脚垒至山顶，像

⊙ 雪峰山山背秋色（张建永/摄）

一扇扇打开的折扇，一沓沓挥洒开来。清晨，蒸腾而起的云雾被罡风掠起，化作白云苍狗，描述世事艰难，沧海桑田。

辽阔、悠远、伟岸，地质造山运动把自然神力展示得淋漓尽致，隆起的山峰和深陷的沟壑，如凝固的狂涛，静止的奔马，雕刻了一幅万里江山图。

想起毛泽东的"我欲因之梦寥廓，芙蓉国里尽朝晖"一词。山背的宏阔壮美，能激起人的无尽遐想。壮士登临，必心潮澎湃，壮怀激烈；雅士临渊，定思接千载，意象翻飞；思虑缜密者，见"草木一秋"，便浮想联翩，想"人生一世"；婉约缠绵者，则悲秋风瑟瑟，叹落木萧萧。

山背，以其高俊朗阔，包容涵泳，似我江湖兄弟。每次山背行走，便是兄弟聚首。无论云中漫步，还是月下浅斟，抑或仗剑攀援，都心有灵犀，互为感应。一片白云，一阵松涛，都是心灵的交合耳语，绾一片云彩便绾住了秦时明月汉时关，把秦皇汉武唐宗宋祖、金戈铁马刀光剑影摊开在眼前，一任指点评说。

海德格尔在阐释荷尔德林那句著名的"人，诗意地栖居"时，把这句话上升为生命哲学的最高境界。追求"诗意地栖居"便一直成为二十世纪以后人类的最高境界。山背就是一部充满诗意的史诗，它承接千古，寄望未来，蕴藉深厚，机变无穷，每一片云彩，每一种生物，每一滴露珠，都构成写意中的一份元素，能撩拨心意，能抚慰块垒，能激越能量，能慰藉情怀。

山背行走，四季为友……

（2016.9.24）

遇见从容

隆回虎形山一老汉正在房顶上晒谷子，朝晖从翠竹中穿越而过，给老汉披上一层金黄。老汉从从容容、慢慢悠悠用耙把新谷摊开，仿佛摊开了一世喜悦。

我和方一胆战心惊爬上他家屋顶，老汉见有客人，不管生熟，像见到老朋友般递过白沙香烟。我赶紧接住，忙不迭地给老人点上。老人吸燃后仰起头，深深一口把烟吞进肺里，然后从鼻子嘴里吐纳云雾。晨光中烟雾柔和缥缈。真是神仙境界啊。

老人一口近乎外语的隆回话十分难懂。使尽耳力，终于明白一二。老人姓王，八十四岁，五个儿子三个女儿十六个孙子二十个重孙。我的天！比较之下，甩我和方一的生殖力几条街啊。

我像崇拜拿破仑一样竖起大拇指在他耳边使劲夸他：

"大爷，人丁兴旺啊！你老身体健康，发家啊！"

老人快活地笑了，机智且谦虚地回答：

"发家不发财啊。"

老人硬朗，古铜色皮肤穿越了差不多一个世纪，胡子东倒西歪茂茂密密地覆盖了鼻子以下的部分，那份笑，千金难买，含金量纯度到三九。

人生一世，草木一秋，活着，无病无灾，膝下有儿孙，身旁有老伴，仓廪有谷物，窗前有明月，腿脚能上山，思维能搓麻，眼帘有色而耳鼓有音，如是则福莫大焉！

从屋顶告别老人，方一一个趔趄差点掉下三层楼房。身后传来老人的隆回方言：

　　"慢点，同志！"

　　我们是否真走快了……

（2016.10.7）

一个被雪藏千年的民族知音

——记雪峰山老后

　　刘启后，几乎没有多少人知道这个名字，但是一说到"老后"，众人皆会长长地感叹一声："啊，原来是他！"老后这个名字早已传遍了三湘四水，香飘世界，1943年出生的他，是一个有味道的角儿。

　　结识老后，是在陈黎明穿岩山景区开业之际，纯属偶然。在喧闹的枫香瑶寨，老远就看见一个短小精悍的家伙敏捷似猴，拿着手机，背着相机，不是爬到这个坎上，就是登上那个柴堆，一会儿用手机拍，一会儿用相机拍，左右开弓，长短结合，俨然打仗一般，以为是个小伙子，走近一看，才知道这就是大名鼎鼎的老后。一经介绍，他像前辈子就认识的哥们儿，热情似火，忙不迭递名片，忙不迭操一口隆回塑料普通话，拉开他关于花瑶的话匣子。

　　算起来老后今年应该是七十三岁，足足大我十岁。但是从面相看，唇红齿白鹤发童颜，是个心宽体健、思维敏捷、阳光快乐的老男孩。

　　这个老男孩天生就是给花瑶做"牛马"来的。因为三十多年前一个偶然的机会，他结缘虎形山花瑶，从此便一发而不可收地把灵魂安放在散落于一百多平方公里的雪峰山花瑶山寨中，无论春夏秋冬还是酷暑严寒，他踏遍青山，用心和镜头记录生活在高寒山区这个不到万人的族群。

　　花瑶作为瑶族一个分支，仅存七八千人。在历代封建统治阶级征战绞杀中，他们且战且退，且退且战，不得不逃遁到海拔一千多米的大山莽林中，凭借天险，阻隔官军进攻，但自己因此也与世隔绝。百年沧桑，雪峰山雪藏了这支悲情民族，他们的哀婉、凄厉之声成了旷世绝响，他们的欢乐喜悦，与大山、树林和沟壑小溪知音相伴。仿佛是命里注定，一定会有一个人来倾听他们，阅读他们的悲情与欢乐。

上天选择了老后。这个执着的宝庆佬，浑身上下洋溢着宝庆文化精神。当年曾国藩湘军那种吃得苦、霸得蛮、扎硬寨、打死仗的劲头，被老后再一次用生命印证。他用了三十多年时间，二百八十多次深入瑶山，住进简陋的民房，十余个春节都在瑶乡度过。不要说人，差不多方圆百多平方公里的有山寨的狗子们，都认识了这个五短身材的汉子，他一来，它们就知道是主人的哥们儿来了。

老后来了。

他惊艳于花瑶挑花的精美和神秘，他震撼于花瑶那撕心裂肺的呜哇山歌，他沉醉于花瑶缠绵悱恻的情歌……他认识到，这个人数不多的族群，心智和情怀绝对高大，对事物的想象力、对苦难的承受力、对生命的延续力绝对伟大！

这一切激发了老后的第二春，他"情陷"花瑶不可自拔，用生命之诚、情感之真，与花瑶展开了一场旷日持久的"爱情"大战。他们互相追逐、缠绵、温爱、亲近。炊烟是"情人"暖心的气息；白雪是"情人"纯洁的象征；漫山红遍的枫叶，是"情人"迸发的激情；沁心甘洌的渊潭，是"情人"互相嬉戏拥抱的暖床……

看到花瑶如此精美绝伦的文化遗产，很可能随着时代的发展而灰飞烟灭，时不我待，他决心行动起来。他用镜头记录，用脚步丈量，用心体会，用七百多次大型宣传专稿，为他的"爱人"进行宣传、推广，用数万幅图片将花瑶的生活习俗、生产方式、宗教信仰、民间技艺一一展示在世人面前。这支雪藏了数个世纪的弱小群体，被雪峰山"情种"老后推向国内，推向世界。正因为老后持续数十年专注于花瑶的精耕细作，2014年他入选当年的十大中华人物。

老后是一个短小精悍的行者、精力充沛的摄影家、民俗文化的守望者和非物质文化遗产的保护者，更重要的，他是让花瑶和花瑶文化走向世界的第一人。

花瑶和中国西南其他少数民族不同，他们尽管深陷苦难，却毫不悲戚，选定阳光色彩为自己打扮。这种色彩正好应合老后的阳光心态。显然他和花瑶是命定的缘分。

湘西在二十世纪二十年代扬名天下，没有沈从文数百万字的描述那是不可能的。同样，花瑶能够被国人认识，走进联合国，没有老后数十年如一日孜孜矻矻地宣传，也是不可能的。可以说，老后是花瑶非遗保护界的"沈从文"。

在车上，老后和他的妻子坐在我的对面。这对"金童玉女"十分可爱。我对老后说，你这一生做了两件大事，第一把花瑶推向世界，第二把老婆整成粉丝。他们像孩子一样，笑得几乎岔了气。

近十来年，老后和夫人相濡以沫，走乡串寨，夫人也迷上了摄影，而且很多作品不在老后之下。雪峰山的小路上，他们把恩爱写进了苍山白云、沟壑溪流。

看了老后的名片，一大堆头衔和荣誉布满小小纸片。这些都是他辛劳所得。不过，老后，你不知道，在我心中，你的名字就是最好的一张名片，胜过所有荣誉。就像黄永玉一样，他的名片上只有"湘西老刁民"一个头衔，这就够了！"老后"，这个名字不再只是一个名字，它寓意一个在中国雪峰山有着大爱博爱精神的人，这个人用生命成功地为一个弱势群体代言背书。

他的头衔就是：雪峰山老后！

（2016.10.24）

我看青山多妩媚

　　一部《湘西剿匪记》，把湘西弄得血淋淋的。在上海读研时，同学看我都有点恐惧：湘西来的，吃生肉的人！刚开始，如果寝室里正好只有一位同学在，估计他这一夜都得睁一只眼闭一只眼，以防老子晚上吃掉他。其实老子的善良指数不比他们低。

　　湘西，包括武陵山脉以东，雪峰山以西，沅水、澧水和资水流域。这片区域，并非人们所说的文化荒芜，正好相反，随便嘚瑟一下，就有几座"文化喜马拉雅山"。从北部往南算下来，两千多年的里耶秦简，深入揭示了秦代历史文化典章制度；再下来是湖南唯一的世界文化遗产"老司城"，给世界制度史一个特例；再下来是中国历史文化名城凤凰、黔阳、洪江，这几座城成为中国古镇历史记忆之重要部分；再就是把中华文明史往前推进到七千八百年前的高庙文化遗址，它颠覆性地证明中华文明史最早的源头在沅湘流域。中国文学浪漫主义始祖屈原，在这里数年行吟讴歌；清代股肱大臣严如煜为国家半壁江山之稳定贡献了毕生智慧；为中国走向现代化，做了

⊙ 雪峰山山背梯田冬景（雪峰文化研究会/摄）

最有价值的知识准备，编辑并主编了《辞海》的舒新城……

至于自然山水，张家界、湘西州那都不用说了，其美无与伦比。而现在正从雪藏了千年的历史中款款走来的雪峰山自然景观，深邃、神秘、壮美、伟岸、雄奇……将另辟蹊径，奉献给世人另一种惊喜。

在雪峰山这里，亿万年地质造山运动留下的宏大成果，千百年历史文化演进创造的伟大奇迹，现代化国际视野的融会贯通、借鉴创新，等等，诸君来此定会有辛弃疾"我看青山多妩媚，料青山见我应如是"之感。

（2016.10.26）

溆浦文化的"压舱石"

禹经安先生，溆浦人，中等身材，已到了孔夫子所讲的"从心所欲不逾矩"的年纪，年老却不发胖，高矮胖瘦适中，小分头，从背影看去，也就四五十岁左右。即或正面"观赏"，与之聊天，其形象和思维节奏，皆属于中年范畴。脸部造型虽有岁月之刀留痕，但从眉宇和脸庞等"基础设施建设"上看，年轻时一定是方圆百里勾魂摄魄的白面书生。

经安先生是24K"纯金"打造的文化人。灵魂里浸透了对文化的痴迷。由于出身"不好"，一生坎坷不平，该读书的时候被下放劳动，该娶妻的时候贫困潦倒，该做研究的时候命途多舛。经安先生仿佛就是"天将降大任于斯人也"的角色，他发扬溆浦"犟卵精神"，自学成才，自立成人，饱受不幸而不抱怨，深受屈辱而不自卑。他于贫贱中亲近湘西文化，月黑风高，他努力"挖坟"，成为远近闻名的考古专家，"家有憨妻"，忠诚可靠，红袖添香，彻夜读书，咏《离骚》而《怀沙》，吟《橘颂》而《涉江》，几十年下来，成为溆浦民间很有成就的"屈学"专家。

经安先生做人生性平和，与世无争。但在学术问题上却十分较真。常常为一文字的出处或典籍勘误，与人争得面红耳赤，声大如雷。你以为他动了真怒，其实也就是捍卫他的学术主张而已。争完即完，绝不上心记仇。

他的学术贡献在"屈学"方面，与郭沫若和几位大师有争论，他利用自己对溆浦方言的了解，重新诠释了屈原诗歌某些字句的意义，成为高标独秀、一家之言，对研究屈原提供了极具参考价值的论证。在地方人物志方面，最大贡献在于考证了郑国鸿的出生地，改写了辞典中的错误……

经安先生平易近人，不以老而傲，不居功而势，老少和三班，男女同辈侪。每次到溆浦考察，经安先生都乐当"导游"，一路如数家珍，恨不能把肚子里关于溆浦的所有历史来个竹筒倒豆子，倾其所有。跋山涉水，走乡串寨，一路欢声笑语，真正是一个黄忠老将，能饭能思。

有时候，长途乘车，为调节气氛，我们常常与经安先生开玩笑。民间掌故，历史场景胡乱侃将过去。有时候也拿他的"憨妻"说事。这是经安先生年轻时候的"艳遇"，凄美而动人。每每说到此处，便是经安先生愉快幸福之时。

一个地方，有这样一群人，他们以自己有限的生命，收藏了本土的历史，这个地方的过去才能被后人记忆。这种伟大和浩博是中华文明不致断代的根本所在，是历史之河不致干涸的重要基因。正因为如此，经安先生作为一个纯粹的民间学者，才能获得"中国屈原学会常务理事""湖南伏羲文化常务理事""湖南省屈原学会常务理事""湖南省考古学会会员""溆浦屈原学会会长"等头衔。不过，在我看来，这些都是"果"，形成这些"果"的"因"一定丰富厚重如山。他本人就是一个值得研究的地方人物，承载了溆浦文化的全部要素。

我跟经安先生开玩笑说："经安先生，百年之后，溆浦应该给你打一铜像，至少也应该是石像。"

经安先生听到，常以朗笑对溪山：

"鸣条（溆浦方言：感叹词"那个"之意），呵呵呵呵……"

（2016.12.13）

乡村旅游美学随笔

一、康养健身之美

希腊时期的美学中最让我感兴趣的有一种，就是身体美学，那时候人类还沉浸在对身体健康和力量的崇拜中。匀称的身材、健美的肌肉、健康的心态等都是一个人追求的重要标志。只是到了后来，人类脑髓逐渐增加智慧逐渐提高，便从斗勇转到斗智，从力量型转到智慧型，智慧才成为决胜的根本。这本来是好事。但是，由于智慧养成往往是在书本和教室里，远离运动的结果便是"四体不勤"，身体便渐渐因被忽略而退化。谋权、

⊙ 雪峰山枫香瑶寨无边际泳池（张建永/摄）

谋钱、谋人、谋事、谋物……一切都在"谋"中，独独忽略了"谋体"，使得现代人的机能退化成为趋势，甚至以牺牲身体来成全所谓的"骨感美""瘦肉型"等愚蠢观念。

自然，城市是所有"谋"的中心，人们在这里你"谋"我、我"谋"你，"谋"得一塌糊涂，不可开交，身体佝偻了，血管硬化了，双腿酸软了，肾脏衰老了……这个时候才想到乡村的自然美丽和宁静。但是，这远远不够。乡村旅游美学应该要引导人类重返对身体和对生命的尊重，要把创造财富和争夺权力的精力拿出很大一部分来关注身体和心灵美学。

森林康养和体育休闲就是解决这种矛盾的两把钥匙，是乡村旅游不可替代的两翼，中间则由文化作为底蕴，形成有分量的支撑。

雪峰山旅游人正是秉承这种理念，在自己的旅游版图上，规划了森林康养、体育休闲为自己的两翼，借助雪峰山山背一千五百多米高海拔优势和穿岩山十万亩森林氧吧，正在展开两翼并举的建设。

穿岩山国家森林公园已经通过了专家评估。这座湖南海拔最高的无边际温泉泳池，像一颗祖母绿镶嵌在崇山峻岭之上，仿佛天上瑶池，等待天下俊男美女、老少爷们儿来此健身健美康养益寿。

据说游泳是最好的健身方法。肚皮松弛的、嘴尖毛长的、三高出现的、颈椎突出的、双膝酸软的、头昏眼花的……跳到瑶池里，总会益处多多。

老夫扛不住这帮壮如豺狗的家伙们怂恿，也拔掉裤子，扔掉衣服，跃进瑶池，以身试水。在水中，一下子找到儿童时代的感觉。虽然老态龙钟，牙齿松动；虽然肚皮鼓胀，两眼昏花；虽然屙尿湿鞋，放屁湿裤……也短暂找到狂放野性自由松弛的快感。如每天一游，则每天快乐，如常年来游，则健康壮实。记住，这是从雪峰山脉岩缝中浸润出来的泉水，比酒醇美，比汤清香，仿佛琼浆玉液，换你长生不老，青春无限。

乡村旅游美学应该关注的是人与自然如何和谐相处，以此实现天人合一的美学大道。

⊙ 雪峰山无边际泳池（张建永/摄）

⊙ 雪峰山枫香瑶寨（张建永/摄）

二、沧桑感的无穷魅力

论人，当下绝对是小鲜肉吃香。什么鹿晗、吴亦凡、李易峰、TF-BOYS……男儿身，酥软骨，红酥手，青葱指，都叫什么事儿。不过，有人喜欢，刷颜值卖得掉票也算是好事儿。

对乡村游而言，则不一定，有时候沧桑便是它颜值的核心竞争力之一。

就拿雪峰山阳雀坡古村落来说，其最大魅力就在于她的历史沧桑感。六户院子藏身翠竹松柏之间，绝对清末民初的结构样态，百年风雨侵蚀了壁板、窗棂、门楣和石阶。木纹灰中带黑，窗花零落残破，连石头都抗不过一种叫"日子"的时间打磨，风化了，脱落了，成土成尘了。

乡村游区别于都市最明显的，就是它的沧桑残破。所谓沧桑残破是审美对象的第二特征。它凝聚着时间和岁月的秘籍，聚敛着可被猜想和可被诠释的内容。我们都说时间会改变一切，其实首先被改变的就是物体外貌。风夹着尘埃，以细碎的棱角给石头、砖瓦和木头造成伤害，它慢慢地不易觉察地吞噬物体表层，留下瘢痕和纹路。雨飘飞而来，或骤或缓，要么滴水穿石，在坚硬的石阶上留下印痕；要么浸润粉墙，以数十年之功绘

⊙ 江西婺源里坑（张建永/摄）

⊙ 溆浦龙潭阳雀坡古村（张建永/摄）

一幅水墨，点染山村寂寞。这种沧桑残破是经过岁月精心维护和打造的。在这里，走一步，或许就是一部《梁祝》，看一眼，或许就是半场《牡丹亭》。

乡村旅游审美，审的就是"历史包浆"。被匠心呵护的"沧桑残破"能勾魂摄魄，使游者能够实现有层次和有深度的审美，是一次和历史的对话和拥抱。

属于历史包浆范畴的"沧桑残破"，藏有大量的历史信息。一道小纹理，一片残窗棂……都能对历史进行解读，加上其中的传说、故事，能够在心灵中引起深厚的感受。

传统乡村建筑物和现代乡村建筑物最大的差异在于：前者关乎匠心，后者只关乎功能。关乎匠心，便有石匠、木匠、瓦匠们的殚精竭虑，他们将祖传工艺和自己对审美的热爱，倾心表达在对象上。宗教崇拜、世俗情趣、民间故事等都艺术地留在石基、门楣和窗棂上，这一切再加上岁月的侵蚀剥离，以其第二特征，传达出第一特征无法比拟的魅力。乡村游，玩味的是这种历史包浆，这种感觉，比站在把厕所瓷砖满墙贴上去的新建筑旁边要愉悦多了。

乡村旅游美学还未曾深入研究这些问题，看来是时候研究了。

（2016.12.29）

以这种姿势游进2017年

——2016年岁末来点闲言碎语

中国文化中，有一帮伪思想家好像非得把人整成忧郁的、深沉的、痛苦的、悲愤的、骂街的、怀疑的、攻讦的、猖狂的、损人的等不可，仿佛不这样不足以证明此人深刻。老夫曾上过这种观念的当，也想说话慢一点证明会思考，表态慢一点证明沉得住气，凡事往坏的地方想证明比人深刻些，别人都高兴时把表情整得高冷些证明做人稳当，如此等等。结果与自己与生俱来的气场不相符合，既玩不来高冷，也玩不来深沉，只会直来直去，随心所欲，图个爽快痛快！于是，干脆就不相信这类把戏，就做自己这个"真人"。

很赞赏鲁迅讲的"敢说、敢笑、敢骂、敢打"。这种人，心里阳光，干净利落，不以贬低别人而猪鼻子插葱——装象，不以卖弄点穷酸恶臭"学问"而博取一星半点赞赏。

总结2016年的心态，依然是阳光多于阴雨。遇到军国大计（符合国家大战略的事情）则努力去做，遇到雕虫小技（玩点微信，喝点酽茶，侃点白话）则随心所欲。

其实做到这个并不难。俗话说"人哈（傻）快乐多"，就这个意思。

这一年，和一个大山汉子在一起做点事。这个家伙坚硬如石，顽强如豹，宽厚如天，灵活如狐，写过一部传奇，又在奋力写第二部传奇，是我人生阅历中见之不多的人。他正在全武行开打雪峰山大会战，折冲樽俎，运筹帷幄，不断斩获战略性成果。什么湖南省"十三五"旅游规划中的确定"雪峰山功能区""雪峰山大花瑶风景区""雪峰山云端全景旅游轻轨"进入省政府一揽子规划、"穿岩山国家森林公园"通过审批等等，都具有相当的战略高度。

抢占战略高度意义巨大，一个高度或许抵你百十个小胜。就像麻将桌上的大胡和自摸，几个大胡自摸，你奔死追赶都是穷追。就像湘西，非战略性项目多了去了，但"十二五"期间高铁没拿到，"十三五"才争取到，起码也要到"十四五规划"期间才能进入高铁时代，一个战略性高地失陷，就误了五年时间。

这一年和我的学生们常在一起。他们年轻、阳光、勤奋、志向远大而脚踏实地。另外，学界的几个学生兼学生辈的田茂军教授、鲁明勇教授、李富坤博士、张炎飞博士、林铁博士等都出色得让人妒忌。老夫和他们在一起，采朝露而补堕气，活得快活轻松。

这一年还和几个老炮儿常常聚会，铁嘴朱奇志、毒舌田儒祥、最具诗人贵族气质的词作家山人，还有点石成金创造奇迹的贾辅，一起侃大山、走大川，一起语无伦次随心所欲狂扯蛋[1]。这群老炮儿就是老夫的心灵寄放处，在一起那感觉，自然、温暖、柔和如暮霭。

这一年，一个研究生毕业，又来了一个研究生。毕业的周丹，可以放心放飞了。那思维水平、动手能力都可圈可点，为人则能让能容，有担当，知大义。新来的孙立青，不仅勤奋，而且善思，是可造之才。还在北方见习的张文婷，正在努力打造自己。

一年真的很短，就这么三下五除二过完了。几乎不值一提。

新年很快就要来临，借此机会问候一切老朋友、老同事、老学生，新朋友、新同事和新学生，愿大家阳光永驻，青春永留，快乐永存，幸福永在！

老夫不换姿态，怎样游过2016年，就怎样游进2017年。

（2016.12.31）

---

[1] 闲扯，胡扯。一般写作"扯淡"。

这孩子

汉堡大学社会经济学专业的"留德华"陈沐，在老夫面前小得跟遥远童话中卖火柴的小姑娘一样，但是打小在山里随风而长，加上生母一心要普度众生，四海为家，顾不上她，在她成长的幼小时光里，就没给什么母爱，这样的环境，竟没给她心灵灼伤点什么，反倒使她隐忍力强大到爆表。一切苦难和艰涩都能置若罔闻。内心不尿，便海阔天空。

真不想说什么天资聪颖那样俗套的话。但是一时又难找到恰当的词汇。这样吧，就实打实说。比如，这孩子的记忆力。在长途车上大人小孩都无聊时，陈沐就开始唱歌，老夫发觉她没有一首歌记不住歌词。不仅她们90后的歌，连我们50后的歌她都差不多全部会唱。关键是，她还不是用心去记，就是歌从耳边过，她就记住了。这记忆的黏滞性强大到像一种强力胶，老鼠一踩上去，便永远被粘住。那些流行歌非流行歌，那些当代民歌国歌，耳边一过便粘得住一辈子。你说这奇了怪不？

她就长在那样一条小小的山沟里，举目就被重重大山阻隔，要视野没视野，要辽阔没辽阔，唯一能拓展思维宽度和提升想象高度的就是书籍，而她爱书如命，这恐怕就是她的灵魂能够"思接千载"的缘由。

但大山深处书从何来？

幸亏她有一位喜欢看书的养猪的老爸，有点钱都用在买书上。这位"文青"父亲，喜欢搞文字，弄文学，尤爱读书。他在深山老林那栋木屋里藏了许多书。这成了陈沐通往山外世界的唯一桥梁。既然生母不疼，爸爸顾不上，那就靠着文字提供的世界，把天外美丽故事、深刻思想和各色观念读了个遍。原乡自然淳朴和世界精神食粮，一股脑灌注在这小姑娘的心胸，构成她自然天成、洒脱自如的文化DNA。

在特殊的环境里，陈沐深一脚浅一脚走过来。从未听到她抱怨什么，哪怕活得有点难。倒是她满身溢出的幽默、机智和有点玩世不恭使人喜爱。特别喜欢她用难懂的溆浦方言唱严肃歌曲，那种滑稽和反讽糅合在一起，有一种令人忍俊不禁、捧腹大笑的引爆力。

她书读得太多，过目不忘、随口引述、信手拈来都不在话下。每逢遇到什么场景，脱口就是某朝某诗人的某句诗，不像是很多领导为了第二天大会发言连夜要秘书选一些诗句名言努力背出来，而是成熟的枣树，随风一摇，便硕果落地，那些诗句名言就轻轻松松飞将出来。

这孩子浑然天成到像品相极高的老坑原石。不过话说回来，老夫也不能太骄纵你了。要不你会嘚瑟得没边。要说缺点，那也很明显，你不要不服。你读书多，思维灵，想象丰富，但感觉知识太多、太杂、太乱、太宽、太散，仅是一坨优质毛石，或者更像地球形成之前宇宙大爆炸四散纷飞的亿万碎片，如能假以时日，经过更系统化的凝聚，并依质地而赋形，因色泽而构思，组成一个有深度、系统性的知识网络，那便是一颗不得了的大脑。

但这需要更有力量的扭合，你准备好了吗，孩子？

（2017.1.30）

雪峰云端天目雀舌

　　雪峰山最高海拔一千九百多米，堪称巍峨宏伟。在雪线以下六百米到八百米，植物繁茂，苍翠欲滴。每到春季，春茶嫩芽晶莹如翡翠，灵巧如雀舌。每到此时便有壮汉和巧妇，在阳雀声中，携带竹篓上山采茶。"诗和远方"早就是农耕文化的本质，只是后来，我们人类把世界搞复杂了，诗被写歪了，远方被堵塞了。

　　如今，我们在雪峰山这片净土上再次感受到农耕文明的禅意和韵味。穿岩山茶农祥婆（祥婆不是女的，而是一个精壮汉子。溆浦人很怪，男人称"婆"），亲自下厨房，为老夫炒了一锅色香味俱全的好茶。我看这一瓣瓣茶芽，真好似古人所说的"雀舌"。如果说，湄潭的"雀舌"是斑鸠之舌，小巧精致，那么雪峰山的"雀舌"则是喜鹊之舌，芽长肥厚，汤汁更加浓郁醇厚。

　　唐代刘禹锡《病中一二禅客见问，因以谢之》有诗曰："添炉烹雀舌，洒水净龙须"，就是对这种"雀舌"一般的茶芽最形象的赞美。宋代沈括在《梦溪笔谈·杂志一》有曰："茶芽，古人谓之'雀舌''麦颗'，言其至嫩也。"明汪廷讷《种玉记·拂券》："玉壶烹雀舌，金碗注龙团。"可见"雀舌"是对最好的茶叶之芽的评价。

　　雪峰山脉穿岩山一带的春茶，以其芽形、色泽和汤汁儿，配得上"雀舌"冠名。并且，由于这茶有一种清肝明目的效果，本地做母亲的常常口含新茶汤水，轻轻揾开婴儿的双目，为之消炎开目。因此这"雀舌"又称得上是雪峰山云端之"天目雀舌"。

　　年复一年烹制云端天目雀舌的祥婆，是条好汉。长得精干，属于力量精瘦型的人。他眉宇间有一股英气，放在任何一处，都属于俊男。夫妻俩守着云雾山中这一片茶园，日出而作，日落而息，勤劳为本，朴实无华。

我常常三更半夜上山，只要喊一声祥婆开门，便能听到吱呀一声，黑暗中就会传出祥婆乐呵呵的问候和黑狗亲切的低吟。祥婆夫妻恩爱如蜜，多年来，好像唯一引起争论的事，就是祥婆喜欢喝点小酒，也还喜欢来点小醉。男人嘛，用点小酒把眼睛弄得恍惚一点，脑子弄得迷糊一点，撒尿找不着坑，回家找不着北，也是一种境界啊。

看祥婆炒茶，是一份享受。平时喜欢说笑的祥婆此时沐浴更衣，俨然面对神祇，庄严得很。他亲自烧火，不时用手背感受锅底温度，在锅温最好之时，果断拿起竹筛子往锅里均匀地倒茶，然后双手像锅铲一样，铲得茶叶在空中像纷飞的蝴蝶。他铲一阵揉一阵，揉一阵铲一阵，随着茶叶翻飞，一股香气浓郁逼人，整个木屋都弥漫在春天的清香里。

雪峰云端天目雀舌，韵味啊！

（2017.4.25）

山沟里出马克思主义

记得当年在延安，一帮从国外回来的年轻的布尔什维克嘲笑毛泽东，认为山沟里出不了马克思主义。毛泽东不服，坚定不移地说：山沟里也能出马克思主义。这话你们信不信？你们不信，反正我信。"先锋"和"落后"固然与地域有关，但不能绝对，当年康德就一直住在乡下，可他的哲学思想一直引领了世界哲学好多年。

思想先不先进，关键不在地方，而在大脑，在你的大脑用的是什么思想工具。你住在北京，满脑子农耕时代的思想工具，你就只能理解农耕时代的东西而无法理解工业时代的东西。正因为如此，僧格林沁的三万精锐步骑兵英勇砍杀，快速放箭，却被不怎么英勇的八千英法联军士兵的热兵器打得满地找牙。

青年行为主义艺术家舒勇再次证明我的这个"理论"。这位俊秀到精致的美男子既没出生在北上广老一辈无产阶级革命家、大银行家、大企业家家庭，也没出生在大教授、大学者、大思想家家庭，而是出生在贫穷闭塞落后的大湘西雪峰山下军田村一户普通人家家里。但是，那又怎样！一旦这个乡下孩子把先进的思维工具下载安装在脑子里，那他的思维就一定会在当代意识的轨道中运行。

正因为如此，这个精致俊秀的湘西美男成为中国最受媒体争议和关注的艺术家，被冠以"中国环保艺术第一人""行为艺术营销创始人"。

这个乡下孩子像沈从文先生一样，从乡下到北京，一发而不可收地发力，接二连三取得许多重大艺术成就。他的艺术创作涉及雕塑、装置、油画、国画、建筑、新媒体等诸多领域，都具有大众性，行为主义艺术感强。他是大型公共艺术"万人红装唱国歌"的发起人和创作者。他的《泡女郎》雕塑成为中国三十年以来最具现代意识的新雕塑作品之一。

2007年，他与张艺谋等人一同被大众媒体评为中国十大创意领袖；2008年获中华民族文化促进会与中国国家博物馆联合颁发的改革开放三十年杰出艺术成就奖章；2009年以"5·12"地震为背景创作的《生命之花》雕塑成为最具震撼及最具人文关怀的雕塑作品之一，与玛丽娜·阿布拉莫维奇（Marina Abramovic）共获意大利第七届佛罗伦萨国际当代艺术双年展终身成就奖，成为首位获得该奖项的亚洲艺术家，也是最年轻的获奖者。

这一连串履历证明这孩子是好样的！不愧为雪峰山这个有着七千八百年文明史的土壤中长出来的汉子。

观舒勇作品，老夫有些困难。其当代性不难理解，但其行为主义还在老夫思维框架之外。特别是看到很多国外的行为艺术家，把生命弄得那样血淋淋，便有一种呕吐感，随之而来的是一种拒绝。但是至少舒勇的行为艺术是阳光的、有朝气的，因而是可以接受的。

这次他创作的《丝路金桥》，就很有创意，已经产生了轰动效应。

作为老乡，我期待舒勇更上层楼，创作更多关乎人类命运和未来的作品，能够赋予自己作品更多个性化的思考和历史情怀。

（2017.5.14）

一头学术荒原独狼

我的同门师弟，否定主义哲学创始人，著名文艺理论家、批评家，中国文艺理论学会副会长吴炫，第十二次跑到湘西来看老夫。咱这兄弟铁到什么程度，次数说话。

这次到湘西来，老夫专门推荐要去看看雪峰山。这家伙不知道，一飞机飞到张家界，然后辗转赶到怀化，绕了一个大圈。在雪峰山公司雪峰文化研究会和怀化市文联、批评家协会联合举办的会上搞了次讲座，面对大学和研究机构之外的受众，吴炫谈笑自如，风趣诙谐地把他深奥的理论传达给大家，提问阶段场面火爆，足见这位师弟的影响力。也足见雪峰山区人们对文化和思想的渴望。这年头，能够对权力金钱之外还保持浓厚兴趣的人，怕是不多了。

吴炫是一个具有强烈批判精神的哲学家、美学家和思想家型的文学理论家。但是他最大的特征与那些只会否定不会建构，只会拒绝不能尊重和融汇穿越的理论家相比，他在思想宽度、柔韧性以及创新性方面显现出超越同时期人物的高度来。

从"五四"以来"中国问题"一直没有得到很好的解决，对此他有自己的见解，而且独特有价值，他探讨的问题是对近百年西学东渐的建设性批判。在传统中国发展中，基本上是"六经注我"，西方敲开中国大门后，照样是"六经注我"。一些人不是用中国古代思想就是用西方现代思想去解决问题，最终不能有所建树。

吴炫最大的贡献则在于，一定要"我注六经"，即从当下中国具体问题出发，对中国传统和西方思想进行穿越式改造，建立起一套能够对症下药的思想武器来。

对儒释道精神遗产，他不是全盘照收，而是在尊重的前提下进行批判。他一直在思考，中国文化自信从何而来，基础在哪里？这是一个吃力不讨好的思想工程，但是，吴炫不辞劳苦，在这条布满荆棘的道路上艰难掘进，坚信中国现代思想体系一定要在中国自己的传统思想中寻找可成为基础的元素。他把思考放到那种能够给生命一席自由发展之地，给生命力以张扬的文化中。他从儒释道眺望过去，依稀从殷商文化那种对生命的尊重、对生命力的张扬中看到中国文化现代化改造的思想基础。他企图代表民族反躬自省：我们从什么时候开始，丢掉了对生命的尊重和对生命力的张扬。

这次在怀化谈"当代文学经典何以可能"这个极为抽象的话题，他从具体作品出发，给听众留下了深刻印象。

他强调批判一定要在尊重的基础上进行，要学会尊重别人，尊重自己，要超越环境。

他认为中国文化的独特思考，如果离开自己的生命热爱而去追求，那就不是幸福。经典是对世界独有的贡献构成的，一定要给人启示，要对各个时代有启发。独特的思想，不是和既有文化的对抗，而是融合改造。经典是尊重生命和生命力的。

他以顾城"黑夜给了我黑色的眼睛，我却用它来寻找光明"为例，谈了他的看法。他认为众口一词称赞的作品有它的轰动效应，但是，如果不能对黑夜给的"黑色眼睛"有所批判，最后还是难以以此寻找到光明。

这是一个不依附学术权威而自成权威的思想界的独立思考者。他几十年如一日在自己独创的系统中像一个工匠一样，一层层精心建构他的哲学体系和美学体系。

我欣赏他不是因为他是老夫的师弟，而是他的独立性、独创性。他主编的《原创》在当下中国思想方法研究上，有重大影响。这种影响或许很多年以后，会在历史上留下鸿爪。

（2017.8.8）

睡在我上铺的兄弟

突然接到"睡在我上铺的兄弟"何祖敏的电话，说一辈子还没休过假，这第一次休假就把目的地放在大湘西，带老婆女儿看老同学看山川。这话把老汉的心扎实暖了一下。小子嘴甜，但谁都愿意听含蜜的言语啊。祖敏的话一下子把老夫的记忆启开。记得是三十多年前，我的天，这年份都足够一个婴儿长成壮汉！那时我从被视为"匪巢"的湘西负笈上海滩念书。同寝室四人。一个上海人朱惠国，文质彬彬，学古典文学；一个蒋介石老乡慈溪人马和民，学教育学的，青葱少年，壮志凌云；一个就是何祖敏，安徽宁国人，学历史学的，勤奋好学，谦虚谨慎。

我年纪最大，老朱次之，祖敏和和民大概二十二三岁，青春得浑身电光石火，朝气正旺，正是学习的最佳年岁。四弟兄虽然来自四个地方，文化背景和人生际遇不同，但是"同房"的友谊破除了地域文化边界，融洽得跟一家人似的。不过有时候也有点"窝里斗"。和民和祖敏年轻气盛，时不时像两只小斗鸡，要互相啄啄，啄完了依然谈笑风生。

老朱脾气平和，与人为善。一进宿舍便是一脸笑容，温暖得能化掉冰雪。他宽容大度，心性坦率，待人真诚。我们还非常荣幸地出席了他的婚礼，夫人典型的上海美女，精致小巧，大方得体，跟民国时代月份牌上画的美人一个模子。让我们这帮乡巴佬艳羡不已。

老朱现在好生了得。已经是一个学术权威，在华东师范大学中文系做教授，博导都当腻了，还兼任《词学》主编，中国词学研究会副会长，中国李清照、辛弃疾学会副会长，中国秦少游学术研究会常务副会长兼秘书长，夏承焘研究会（筹）副会长。出去讲个学什么的，后面都跟一大堆徒弟。

和民黑得跟我一样，让我明白江浙不仅有美人坯子，也有跟我一样粗糙的"黑人"。他小个子，书读得好，生意也做得倍儿棒。小小年纪两不误。有段时间他专门倒卖草帽，居然把许多同学都动员起来了。连当时就名声赫赫的我的师弟，后来成了大哲学家的吴炫先生也被他"蛊惑"，背着他的草帽一路卖到南京。很多年后同学聚会，和民漏了一句草帽的真实成本，吴炫才知道这小子给他的"成本价"远远超过实际价格。这个美好的"骗局"，一直把大哲学家蒙了几十年，一时成为佳话。现在，马和民的发展就如我们的预期，他是华东师范大学教育学原理专业教授、博士生导师、教育信息技术学系主任，中国教育社会学专业委员会理事长，上海市教育基本理论专业委员会秘书长。

祖敏来自安徽农村，瘦小精干。他家境贫寒，是大哥盘他读书上大学。考上研究生以后，他开始担当起大哥的责任，不仅负担大哥小孩读书的费用，还把妹妹的小孩负担起来。加上他自己，他要养活四个人。他不断从安徽搞来土特产卖给上海人，产品好像很受欢迎。我还是从他那里第一次看到"花菇"，搞得我染上了至今都喜欢花菇的习惯。

祖敏聪慧过人，敏而好学，凭着自己的努力，从农村走向都市，从草根成为出版界大佬级人物。他目前是广东出版集团党委委员，南方出版集团副总。在广东人民出版社、广东教育出版社从编辑干到主将，策划出版过许多影响深远的作品。于幼军先生的《社会主义500年》就是他一手策划出版的。

这次在"匪巢"见到同室兄弟，亲热自然难免。看到祖敏一家真觉得岁月如梭。一个瘦弱的凤凰男，如今像一头成功的狮子，带着丛林中的"战利品"——终身伴侣小夏和他们的"作品"——女儿远方来湘西，就知道原来时间就在这些"战利品"和"作品"之中，在祖敏成熟的脸庞和耀人的成绩里。我们都在光阴中一秒一秒地生存着，创造着，苦过累过，也笑过舒服过。老夫已在黄昏路上把日子过得跟儿童一样单纯，每日跟泥土打交道，本来就黑的皮肤如今跟黑人差不离，晚上出来就像隐遁一般，无人看得见。祖敏长胖了，性格依然，常在语言中夹带幽默，看得出幸福感很强。特别是跟女儿远方非常亲近，真应验了女儿是爸爸前世情人的说法。在家教方面，似乎跟小夏有点差别。他们夫妇调了个个儿，是严母慈父。祖敏的宽容恐埋伏了点计谋，看得出"讨好"女儿的痕迹。这爹当得柔情似水啊。

照他们结婚的时间看，孩子也不至于只有11岁，一问才知道，原来他们夫妇俩含辛茹苦直到把大哥和妹妹的孩子支持到大学毕业能够自食其力，才启动自己的生殖力。这一对当代人践行了传统古风，还真感人。

今天祖敏去张家界，老夫则赶怀化高铁去北京。临了给祖敏一个电话，告诉他张家界都安排好了。他从电话那边把带有安徽口音的熟悉语言送到我的耳边，这声音曾经在我耳边存在了几年。数十年过去，就像老酒，窖藏了三十多年，一朝开瓶，醇香醉人啊。

人生也就是一场离合情景剧，见了、走了都在逻辑之中。生命交合是缘也是理。说缘，那是缘分，是几十亿万分之一的可能，一个生命才会与另一个生命相遇；说理，那是观念，只有把观念放在功利之外，一个生命才会与另一个生命保持粘连。祖敏几十年后想到老夫，除了便利那就是一份对同室室友的记忆发挥作用了。

人生在世，功名、亲情、友情一个都不能缺。它们由无数细节编织起来，储存到心底。日子久了，有时候不免腻了烦了，时不时把它们倾倒至怀旧的杯盏中品咂，则是润泽心灵的一盅琼浆，余韵无穷。

（2017.8.27）

好兄弟哪怕山高水长

　　几十年的好兄弟，中央电视台《新闻联播》原主播薛飞终于要来雪峰山了。算起来这是去年的约定。跟薛飞认识，还是一位朋友介绍的。那时夫人去匈牙利李斯特音乐学院做高级访问学者，刚去人生地不熟，有位朋友说没问题，他有一哥们儿在匈牙利，住他哥们儿家就可以了。这哥们儿就是大名鼎鼎的薛飞，他知道后二话没说，夫人就搬他们家去了。

　　一晃一二十年了，这日子过得就像泥鳅那样掐都掐不住，一股劲儿飙走了。中途见过几次面，无论湘西还是北京，一接听到熟悉的电话，那世界都不重要了，剩下的就是聊天，喝茶，侃大山。

　　论成就，薛飞是"中国好声音"，那浑厚磁性的声音曾经是亿万听众的耳福。每天新闻联播，他和杜宪这对"金童玉女"就准时出现在电视机里，薛飞的男性阳刚之美和杜宪的阴柔典雅之美，是后来难以见到的一道人文风景。

　　离开央视之后，薛飞到匈牙利发展，再后来回到国内，凭着他播音的深厚功力，在中国播音朗诵界名声正隆。

　　一次，自己写了两篇散文，出于敝帚自珍，给薛飞电话，希望他给朗读。薛飞说时间很忙，估计正在为办学的事东奔西走。我说你先看看，觉得有意思就读读，没意思就扔掉。谁知道，他一两月就发过来电子文档，居然连音乐都给配好了。我打开一听，竟然被自己所写的东西吓了一大跳，有这么好吗？薛飞的声音和对作品的再度创造，使得《大漠孤思》和《逝水忘川》这两篇文章能使古井掀得起波澜。薛飞做人真诚纯粹得跟露珠一样毫无渣滓，晶莹剔透，属于灵魂"玻璃种"。没有薛飞那样用心琢磨，用情诵读，文章哪有这样起伏跌宕，波澜壮阔！

咱这兄弟，天涯两隔，但绝对是那种长期不来往、心中从不忘的兄弟。

说来也巧，薛飞准备来雪峰山前一天，一朋友购票请我看电影，片名《羞羞的铁拳》，看这怪名估计水平也就一般。但是随着剧情发展，特别是一个反派主角的出现，让我眼睛一亮，对夫人说，别看这家伙不认识，凭着他的酷和没有痕迹的表演，自然松弛的性格展示，这家伙将来一定红！中国太缺真男人了，如果还有，这小子便是！

当晚在朋友圈里就看到有人介绍说这个反派叫薛皓文，是薛飞的儿子！

天下就这样巧，薛飞有这样的儿子，这爹当的真惊天动地，值啊兄弟！

没想到这次薛飞还把二儿子带来了，182厘米的身高，现役特种兵，帅气到爆。DNA这东西你不服还真不行。饱满壮实的种子那就是好收成的保证。

在雪峰山停留时间极短，就是半天一晚，但雪峰山生态让这个渐入老年的"中国好声音"感慨不已。雪峰山主人陈黎明敞开自家酒坊款待朋友，他们每餐必酒，每酒必开怀，每开怀必酣畅淋漓，什么世态炎凉、攻讦谗言都烟消云散。

雪峰山这几天，陈黎明的"酒肉"饱含兄弟情义。人与人之间互相认可、抬举、尊重、信任，是冰凉世界里的一种温馨。薛飞冰清玉洁的人格让陈黎明感慨万千。这位老文青禁不住写道：

"薛飞在雪峰山的朗读会上，用最具冲击力、最具穿透力、最具震撼力的华语声音，征服了雪峰山景区的所有游客……"

告别时，薛飞真诚地告诉我，雪峰山，他还会再来！

（2017.10.6）

小记张明敏雪峰行

年前和香港一个张姓朋友聊出的"阴谋"，便成为雪峰山新年后的一次"阳谋"，香港著名歌手，《我的中国心》等一大批脍炙人口的歌曲演唱者张明敏先生，为了支持乡村振兴和关爱乡村旅游，在雪峰山阳雀坡和枫香瑶寨搞了两次义演，给山区孩子捐赠书籍和书包。现场欢声雷动，激情飞扬，老少三四代民众，重温这首几十年长盛不衰的歌曲，如饮甘露，如啜佳酿，痴狂兴奋不已。

张明敏是港台第一个在央视春晚亮相的艺术家。一九八四年春晚，这个小个子儒雅青年给我留下了深刻印象。那时他就二十来岁，青葱少年，一头大陆（内地）很少见到的大背头浓发，发型极像李小龙、霍元甲，再配上一袭白色中山装，绝对"五四"时代风格。浑厚沉郁的旋律一响起，那种略带颤音的独特声音便成为中国人民几十年都追随不弃的"中国风"。他的演唱和歌词天衣无缝，水乳交融，走心勾魂，唱出了中华民族的心声。他的台风端庄大方，低调平和，激发了全球华人血脉相连的心声。《我的中国心》经过几十年口口相传，发酵演变成为一首生命力极强，受众极多，粉丝覆盖极大的经久不衰的"国风"。

而后才有了童安格、潘美辰、齐秦、王杰、费翔、刘德华、张学友、郭富城、周华健……港台歌手如过江之鲫，蜂拥而至，繁荣了通俗民族唱法。这些歌手我都十分喜爱，从不拒斥任何风格。关键是，你唱的是突出技巧还是突出感情，这个最为重要。实力派歌手张学友无论技巧还是感情，都给我留下深刻印象。他的歌曲从内容上看，走心相对容易，基本上在男女情爱的小伤口上轻轻撒一把盐，在离情别绪中投一粒石子，自然走心。张明敏的《我的中国心》属于大歌，要走心不容易。可是，明敏对歌词的理解、对旋律的处理都恰到好处。本是血脉贲张的歌词，很容易唱得干瘪和枯燥，但是明敏的歌喉紧贴旋律，心灵汇通词意，把黄钟大吕雄放豪迈的旋律，用他个人灵魂熔铸，提炼出婉转缠绵、走心虐肺的倾诉性表达。

邀请张明敏来参加雪峰山腊八节，不仅因为他的歌声，更重要的是他代表了一种精神、一个时代，代表了一种追求、一种理想！

⊙《我的中国心》——香港著名歌星张明敏（左）与雪峰山生态文化旅游公司实控人陈黎明（右）在阳雀坡同台高歌（老后/摄）

在雪峰山这个深度贫困地区，张明敏一张口歌声就席卷整个山寨。这人人都会高歌的熟悉旋律和歌词，激起了现场观众与他同唱起来。此时，阳雀坡山坳里歌声飞扬，激情满溢。二十世纪八十年代那种宽厚仁和、澄明自由的感觉油然而生。歌声把大家带回到那个身处其时不觉好，远离其境方觉美的年代！

与张明敏接触，感受最深的是他的为人。他把歌唱到极致，把人也做到极致。

雪峰山之行，本不在他一年的行程安排中。他的视野在全球，不仅有音乐还有投资。每年在世界各地奔走，不得喘息。这次，完全是应朋友之约才演化成为一次雪峰山义演活动。天寒地冻，千里奔波，就为一个"义"字而来。在他心中，朋友情一样重千斤。

和他短短几天相处，最大感受是古风犹存。他身上那种待人之诚、与人之善、容人之度、宽人之恕都非语言能够描述。以歌坛影响力，他可以耍大牌；以投资实力，他可以翻白眼。可是，他没有。水土不服，他默默忍受；寒冷受冻，即或冻得筛糠打抖也不与人言；时差没倒过来（从加拿大飞香港，从香港赶雪峰山），他没提任何要求。这种宽恕理解的大度和默默承受的韧性实在让老夫感动。

明敏厚道而不木讷，谦和而不乏机智。他邀请儿子一起上台唱《父子》，当儿子张颂华上台时，明敏故意问："儿子，你贵姓？"惹得全场大笑。老夫夸赞颂华英俊聪明，明敏故意说："他啊，差得很！"一路上，明敏总是能够制造幽默，创造笑话，他是一个心底澄明机智开朗的人。

明敏不仅善良、宽容、真诚，而且定力十足。这是我佩服的地方。在国家几十年大发展中，财富的骤然获得、权力的不断扩大、名望的迅速飙升都映衬出人的定力的重要性。很多人包括一些朋友，在财富权力名声方面是赢家，可是在定力方面是输家，输掉了信誉、人格。我交友，无论贵贱，善良为本，真诚为要，爱心为重，不以物喜不以己悲，有充分定力既能面对财富和荣耀，也能面对困厄和灾难。

明敏是这样的人，老夫敬之友之。

（2018.1.26）

钢铁是这样炼成的

　　老弟陈黎明身体极好，极结实，把他从雪峰山顶扔到山脚，身体上摔不坏任何零件，从冰天雪地的岸上跳到冰窟，别人会冻得蛋痛，他没事，像条鲨鱼一样在刺骨的冷水中游来游去。身体好自然就生殖力强，一激灵就生出四个孩子，三女一男。个个都聪慧健康，无一空弹。

　　他教育孩子与众不同，有点斯巴达人的育儿感觉，追求自然天成，讲究锤炼意志、锻炼身体。这点和我小时候一位邻居近似。这位老人军人出身，黄埔军校毕业，官至国民党国防部上校。一副美髯潇洒至极。他八九十岁还一直坚持冬泳，成为我们那个小城的传奇。后来他有了外孙，记得小名叫"金龟子"。有年冬天，看见他在院子小平地上放一洗澡盆，倒满冷水，然后从屋里拧出哭叫的金龟子，往一澡盆冰水里一扔，溅出的水花打在脸上都冷得要命，只听到金龟子鬼哭狼嚎。就这样，天长日久，金龟子的身体长得跟铁塔一样威猛。

　　黎明自己在大山里成长，觉得故乡一切都好，城市文明固然代表了当下人类的文明程度，但是，乡下那种粗粝的食品、简陋的生活、艰苦的环境、独特的民俗、独异的方言等等，都是生命中不可放弃之重。就像孟子在《孟子·告子下》所说："故天将降大任于斯人也，必先苦其心志，劳其筋骨，饿其体肤，空乏其身，行拂乱其所为，所以动心忍性，增益其所不能。"就这样，老陈家的这些宝贝疙瘩，从未被惯过，打小就放在身边，与大山小溪为邻，和猪狗牛羊为伴，满山沟里乱窜，满小道上奔跑。与树林茅草、风火雷电、日月星辰、霞光暮霭共生共存。就像青年毛泽东说的"文明其灵魂，野蛮其体魄"。老陈家四个孩子都有一颗野放的心、野蛮的身、野趣的魂。他首先把孩子打造成自然人，然后才是社会人。

两个女儿都出息得不要不要的，一个在德国一个在英国读大学。那完全自然天成的体魄加上无边界无藩篱的思维方式，迎遇西方科学思维，将是一种怎样的文化杂交。两种强势文化在她们灵魂里一定如火一样锻造出她们的视野和大脑。儿子一样在山里长大，未成年便有一颗独立思考的脑袋。每年回到故乡都要徒步几十里，见蛇捉蛇，见狗追狗，再加上思维勤奋，脑子里装足了超越同龄人的知识。他和他大姐与我一起登山，姐弟俩简直是在"炫酷"，不是一起背诵《离骚》，就是你一句我一句背诵《孔雀东南飞》。这家伙，找几个学古典文学的博士，也没几个能这样随心所欲指哪儿背哪儿，背哪儿是哪儿的。

黎明老弟生殖能力特强，竟然老年得女。这女孩喝山泉吃糙米，吹山风晒酷暑，长得健壮如铁。香港著名歌手张明敏握住她的胳膊，赞叹不已，连声说这肉简直像铁砣一样结实。

你看，就这冰天雪地的，老陈家就把小女拖出来，置于一块木板制成的简陋雪橇上，还要问"你是谁"？这孩子真挺争气，居然用书面语言大声回答："我是大山的女儿！"父女一问一答，成为这巍峨大山的一道风景、一首诗歌……

（2018.1.30）

年俗的魅力在伟大的"俗"

阳雀坡闹元宵终于落下了帷幕。中国年俗的魅力究竟在何处？看阳雀坡年俗，就知道所有美丽就在伟大的"俗"中。

打从有了"思想"以后，我们都把深刻、高远、宏大和超越作为"超凡脱俗"的目标，于是，民间的、感性的、生活的、平民的、物质的等直接与生命相关联而与所谓"高妙深刻"的思想相疏远的活动，常常被自命有思想的"先知先觉"们贬损为"俗"，狠一点的加个字，称为"低俗"。

这种"拔着自己的头发，想把自己拉到空中的人"多半是读了点书的秀才。这种远离生活本身，远离生命直观的"雅"，其实"雅"得没有基础。刨去生命的直观感受，贬抑鲜活直觉，所有"雅"都是苍白的。没有泥土飞溅，就没有五谷丰登；没有烟熏火燎，就没有满汉全席；没有人勤春早，就没有耕读传家；没有稻菽瓜果，就没有美味佳肴；没有汗流浃背，就没有屋宇院墙，如此等等，生活劳作中的生命，就有理由用最"俗"的物质方式犒劳自己疲惫了的筋骨和情绪。一年到头，他们只想用大鱼大肉慰劳约束了一年的味觉；用大红大绿装点贫困的村庄；用大喊大叫、大热大闹宣泄压抑了一辈子的苦痛……于是，人们设置了各种节日，用各种方式娱神娱己。

老夫对于元宵节的认识很早。那还是读小学的时候，从《水浒传》中看到的。记得是从第七十二回"柴进簪花入禁院，李逵元夜闹东京"一章知道了元宵节，很惊讶，古时候还有这样美丽的节日，美丽的灯会，怎么到我懂事的时候，这些就见不到了呢？百年现代化进程，我们砸碎了旧世界，但是就像倒洗澡水时，把洗干净的婴儿也一起倒掉了一样。我们的民俗基本上都被消灭了，根本不知道"元宵节"为何物。小说非常生动地把元宵节观灯描述出来，实在让我惊艳向往。

雪峰山下龙潭古镇，是个有个性的古镇。当现代化浪潮把全中国的古镇摧毁得所剩无几时，龙潭岿然不动，居然还保存了六十几座宗祠。当大家都在为小鲜肉欢欣鼓舞的时候，古镇人们却把尊严投向自己祖先创造的各种传统祭祀节庆活动。他们如痴如醉地在祖先创造的文化中舒展内心的情感，在年俗中陶醉，在世俗里快活！

⊙ 溆浦龙潭古镇腊八节（雪峰文化研究会/摄）

"世俗"是不可轻慢的。它最接近生命直观，它来源于生命，且颐养生命，欢愉生命。它是久旱里遇到的甘霖，饥饿中得到的粮食。人类不能因为有了诗和远方就作践酒和粮食！不能因为有了理想就看贱日常！灵和肉是人类的两极，但它们是不可分离的两极，是相互拥抱的两极。

雪峰山下的元宵节，高举灵与肉的旗帜，在世俗欢愉中，为诗和远方夯实了感性基础。每年，这里的元宵节，都是对人类生命的敬仰和犒赏。你来，不会失望。

（2018.3.2）

清明时节慎终追远

发小罗宏回湘西扫墓，儿时同伴自然一聚。

这位岳麓书院罗典七世孙话匣子一打开，满嘴跑的都是湖湘文化、湘军精英。很多年前，他从其父一封书信中窥视到家族荣耀，然后顺藤摸瓜，溯源而上，几乎发现了整个湘军文化湖湘精神的发展谱系。此刻正值他临近退休，马上要成为"倚门望天黑"的闲人之时，家族研究这座富矿，激起他的兴趣，也为晚年生活找到一个"蝈蝈笼子"，可以好好玩一把。说大了是为文化复兴做点贡献，实在一点是实现点个人价值。

他父系母系家世显赫。一源于罗典，二源于贺长龄。历史把罗、贺优秀基因捏合成眼前这个罗家后裔，加上历史机缘，促使他主动扛起家族研究这副担子，且又能青灯黄卷，上下求索，深度掘进，每年都有新作问世。他上下勾连，纵横探秘，把家族和中国近现代历史结合起来，从众多事件和显赫人物的关系中，艰难爬梳、抽丝剥茧、厘清渊源，渐渐地把湖湘文化和湘军浩如烟海的历史刨出了冰山一角。

罗宏小我一岁，打小长得着急，显得成熟稳重，属于早慧型孩子。在我们什么都不懂的时候他就懂得很多。每次小伙伴们一起吹牛，到最后，他的牛还是吹得最响最精彩。不知道是不是与他当过推销员有关系，一张嘴，就能把东西卖出去，把"光洋"收回来。如今这本事用到学术上，传播力那是杠杠的。

这次侃大山，最大的收获还在于，他在研究中竟然发现我母系，麻阳高村滕家先祖滕家圭居然是罗典的学生，与溆浦严如煜同班，还和严如煜一起组织了十八人读书会。据说参加者还有杨开慧的高外祖父向曾贤。他告诉我，麻阳滕家崇文尚武，满门忠烈。这一说，改变了我一直作为罗宏叙述的旁观者身份，而开始向历史深渊处凝目。

麻阳滕氏族谱这样介绍："麻阳滕族践行祖德，修文习武，人才济济。明清以来进士、贡生、举子，累世不绝，而'武功之盛，铄古震今'。在清代，一品武官有：滕代伦（总兵），滕代勇（总兵），滕春山（提督），滕瑞荣（提督），滕嗣林（提督），滕嗣武（提督），滕嘉宏（总兵）。二品武官有：滕志聪（兵马指挥），滕胜龙（总兵），滕代麟（总兵），滕兴儒（总兵），滕国春（总兵），滕家胜（总兵），滕国献（总兵），滕嗣相（总兵），滕新（总兵）。他们威震一方，战功赫赫，大多获朝廷重赏，而恩推四世。"

一个家族，仅在百年之间，就出了如此多的英雄豪杰，七个一品，九个二品，且都是杰出的军事将领，在中国恐怕也为数不多。

如果把每个人的生命行踪用线条勾勒出来制成一张图表，在纷繁复杂的线条中，你会发现，你当下的某个朋友其祖上某个"公"，与你祖上某个"公"竟然会有交集，特别是有较为密切的联系时，你会情不自禁惊讶"缘分"的魔力。

就拿我家族说事儿。我与溆浦原本毫无关系，后来应陈黎明邀请，参加他的乡村旅游产业大军，在溆浦两年多时间，祖先与溆浦的历史交集慢慢浮现出来。

先是父亲抗战时就读的国立师范学院有两年时间在溆浦。这个学院汇聚了一大批中国文化教育精英。钱基博和钱锺书父子，孟宪承、高觉敷、刘佛年等国内教育学、心理学一流名家都在这里教过书。这是和溆浦有点亲缘关系的开始。后来一个偶然的机会，发现陈黎明夫人严瑛的母亲竟然是我父亲在国立九师教过的学生。这一发现又给溆浦亲缘增加了点分量。再后来，研究沈从文、寻找沈从文弟弟沈荃生命轨迹时，又发现沈荃曾住溆浦，其间娶了瓷器铺老板女儿罗兰为妻。这个发现再次增加了我和溆浦的亲缘分量。这次罗宏提供的我母亲麻阳高村滕家先祖滕家圭与心中早存敬仰之情的溆浦严如煜是岳麓书院同学，不仅是一般同学，而且是一起组织读书会的志同道合者，这亲缘就更加浓郁了。

在罗宏的讲述中，母系先祖滕家圭和严如煜同是他七世祖罗典的学生，同为湘军精英，这简直是神了。差不多五十多年前，我和罗宏同为"文革"落难弟子，被社会抛弃。一帮"牛鬼蛇神"子弟只能自己玩在一起。一起打架、偷东西、泅水、爬山、读书，一起在别人阳光灿烂，我们则灰暗的日子里，变着法子偷着乐。

我们一起畅想过，无边际地勾勒当时无法实现的理想，那个时候怎么都想不到，我们的祖上竟然有过如此密切的交集，无怪乎，我们两个性格差异很大的少年，能够保持几十年兄弟情谊不变。生命机缘真是个奇妙的东西。

清明时节论先祖，总能拨动身体某根神经，使得回眸历史深处，必有一份敬意和仰崇。现赋诗一首：

少年望未来，白头"说乾隆"。

清明读家谱，馨香示仰崇。

岳麓种慧根，护国任从容。

余脉飘芳芬，子孙继学统。

家学有根基，传世永无穷。

（2018.3.31）

第二辑
情感微澜

开篇的话

　　走过很多路、很多桥，遇到很多阳光和风雨、很多感动和憎恨，一直这样走着看着，有时路上很多人、很多歌声和笑声，有时路没了，差不多淹埋在雾霾和丛林中。但是，你不曾停下脚步，一直这样走着，哪怕孤独和寂寞。终于走到该歇歇的时候了，于是，换一种走法。走青山绿水，走快意闲适，走心灵织就的梦想经纬，走思绪飘飞的情感环宇。走大山，走小径，走古道，走无极，走自己独立之大小周天，就这样吹着口哨走着。

我的先生徐中玉

华东师大党委书记讲话中最好的一句是"先生是华东师大最高的人生典范"。理论家群、批评家群、作家群是华东师大中文系傲视中国文坛的三大成就。先生是组建指导这几个群体的旗帜。今天来庆贺的有中国作协的领导、上海作协主席王安忆女士、很多大学的领导以及文化名流和宿儒。王安忆女士说："无论我们做出什么，高兴了，闯祸了，添麻烦了，

⊙ 徐中玉先生百岁华诞庆祝会暨"中玉教育基金"成立·《徐中玉文集》首发仪式（张建永/摄）

都有您来担当。我们感谢您。"上海市委宣传部副部长陈东评价先生：

"敢于担当，勇于批评，不改为民为国的情怀，古今贯通，提倡学术自由，开门办学。先生百岁捐百万，是一种伟大情怀。我们要学习徐先生情怀，向天再借五百年，为国家民族服务。"台上有施平先生一百零三岁，钱谷融先生九十五岁，加上徐先生一百岁，一共二百九十八岁。

先生退休很早，工资赶不上现在很多教授，但是他拿出了全部积蓄设立基金。他捐出的不仅是钱，还是精神，是范本，是指引，是鞭策。

（2013.11.8）

附先生百岁生日我写的文章：

我的导师徐中玉

今年是我的导师徐中玉百岁人瑞大寿，作为他的弟子，心怀无限感激。先生大德云端，学养海深，以百年生命穿越在两个世纪之间，坚守学术原则，张扬思想自由，鼓励民主公平，其道德文章深刻影响了我国的学术思想界，成为领袖级人物。我们五个师兄弟在二十世纪八十年代能成为先生弟子，沐春风，逢甘霖，实在是个人精神生命之大幸。

那段时间，堪称阳光时代。举国上下奔涌着高昂的改革开放精神，学术界十分活跃。我作为一名边远地区的高校教书匠，真心向往。但是，在选择究竟读哪所高校，选哪位导师做自己的老师，颇费心事。为了引起导师注意，我把自己在《文艺研究》上发表又被《新华文摘》全文转载的一篇文章，分头寄给许多老师，其中也包括徐先生。非常高兴的是，很多老师都回信了，有的老师还非常认真地回了长信，谈到了学习的方法，表示了欢迎报考。遗憾的是，徐先生的信迟迟未到！这可是我最重视的选项啊。

我在选择学校时，非常认真地查阅了各高校历年研究生的考题，说实话，真正引起我兴趣的是华东师大。与有些高校大量死记硬背式的考题相比，我更喜欢华东师大的考题。他们注重思维水平，注重对问题的解决能力，注重临场的发挥。这让我这个乡野出身，在"文革"动乱中失学，完全靠自己天马行空野放式自学的人非常感兴趣。我崇尚思维的张扬和思想的自由，崇尚在现象和本质的抽象过程中，不为前人禁锢，崇尚用自己的现实经验去感受理论的真伪和价值。而华东师大为我展示的正是我所祈望的思想学术平台。但是，导师不回信，我心中发毛，有点不敢报考他的研究生。功利点看，其他几个导师的回信已显出收徒之意，考他们中的任何一位成功率或许是比较高的。要知道，当时在考出去的人日益增多、人才流失非常严重的情况下，本校已经下了"一考定输赢"的规定：一次不成，就不能再考。究竟是走死记硬背那种学究式道路（这种并非不好，只是不符合本人思维性格而已），做考上几率大于失败几率的选择；还是走思维锤炼，思想拓展，但很可能失败的道路？五天的报名时间很快就到了最后一天，上午还未见到先生的回信，心中非常焦虑。下午我怀着试试看的心情再次走到传达室，终于看到寄自华东师大的信件，打开一看，是徐先生的回信！先生的回信极其简单，加起来不到二十字，就是表示看到来信，同意报考，在里面却未表示任何认可收徒的意思！

古人说"两利相权取其重"，偏偏这个时候我的湘西犟劲发了，来个反其道而行之，选择了最没有成功几率的徐先生。我想，我宁肯考不上，也绝不走自己不喜欢的学术路子。就这样，我在招生办庄严地填写了"华东师范大学，导师徐中玉"。

这个选择还真让我出了一身冷汗。到了发复试通知书的时候，学校其他报考的几十位老师纷纷拿到了复试通知，开始几天还沉得住气，到后来，就只剩下我和一位报考北大的杨雄老师没收到通知。我想，既然选择了，输就输了，决不后悔。但是，毕竟不想失去读研的机会，还是想挽救一下，换个学校试试。我想到了湖南师范大学的杨安伦老师，他是本省美学会会长。原来没有联系过他，报考时选择的学校就是想越长江，过黄河，越远越好。现在联系远方的学校来不及了，只好就近寻找发展机会。再说杨安伦也是我钦佩的老师，就是他了。我打电话给他，告诉他我报考华东师大失利的消息，他非常热忱地告诉我，如果能到上海把考试档案拿回来，他就收我做研究生。于是，我跑到邮电局给先生打电话。那个时候打电话是很困难的，差不多用了一个星期才打通，但是，华东师大已放假。弱弱地问师母，先生今年录取的学生中有没有一个湘西人，叫张建永的。师母回答说，先生出国讲学去了，其他的她都不知道。

这可急坏了我，怎么办呢？与夫人商量，怕只有到上海亲自去取档案才行。我买到三天后的票。最后临上火车前两小时，心有不甘，又跑到学校最后再试一下运气。一走到传达室，那老头就告诉我有一封挂号信，接过来一看，华东师大的！是祸是福呢？怀着忐忑不安的心情打开信封，结果让人窒息！竟是一份录取通知书！更让人喜出望外的是，通知书上还用钢笔写上"免于复试"四个字，这可是字字千钧啊！

就这样，我成了徐中玉先生的弟子。

第一次见到先生是在他的书房。先生身材高大精干，脸上轮廓分明，高挺的鼻梁，锐利的眼神，给人威严的印象。在我自报家门之后，先生矍铄刚毅的脸绽开了笑容，江浙口音温暖且让人有回家之感。从此，师大二邨成了我生命历程中重要的心灵栖所。

在这里，我结识了南京吴炫、贵州李裴、上海朱桦和江西谭运长。来自五湖四海的五个师兄弟在先生家的客厅开始了学术旅程。

先生家的客厅就是我们的教室。

先生的教学方法让我耳目一新。每次上课之前，他告知我们要讨论的题目，上课时由五个师兄弟自由发言。每次讨论都成了激烈的论辩。特别是南京吴氏和江西谭氏之间的论辩尤为激烈。混战时五兄弟面红耳赤，"打成一团"，好不激烈，好不开心！这时，只见先生面带微笑，静观玄览，常常于不可开交时，或加以点评，或提出思考路径，从不断然否定大家的观点，像一个睿智慈祥的禅宗大师，坐在莲花座上，点化我们五个徒弟，觉不觉悟全在我们的心性。

糟糕的和开心的是，先生和我们都抽烟！六个人，四把烟枪，吞云吐雾，客厅一时云山雾海，云遮雾罩，成为华东师大一道特殊的学术风景。师生居然互相传递香烟。最让人难以忘怀的是先生抽烟时的景象。他拿出火柴盒，慢慢地抽出一根火柴棍，停顿一下，然后果决地在空中划了一个漂亮的弧形，只听"嚓"的一声火柴爆出火光。这火光一直点燃在我的记忆里，几十年来未曾熄灭。

更为深刻的是先生的思想高度和道德厚度。

在先生的视野和话语中，我感受最多的是国家、民族问题；是改革、思维方式和立场问题；是对热点问题的冷静反思，对某种思想潮流的深度剖析；甚至包括对许多社会现象的关怀和批判。先生身上，能够强烈感受到"五四"学人的批判精神，同时又饱含超越简单批判的建设精神。从批判精神而言，他总是能够站在人类的高度，而不依从某一时某一派的观点进行批判。他告诫我们"学术无禁区""不盲从任何学术观点""要有自己的独立见解"等等。扪心自问，如果本人能够在学术上发出比较个性的见解，正是得益于先生的鼓励。甚至在做人上，先生的独立精神已浸透到学生的精神骨髓之中。

先生是真正的"新儒家"。"先天下之忧而忧，后天下之乐而乐""修身齐家治国平天下"这类儒家古典情怀在经历中国苦难时代的砥砺和西方新兴思想潮流的颉颃后，以一种"终极关怀"的光辉闪耀在先生身上。在当时中国学术界都在摒弃大众而走所谓"精英"之路的时候，许多对中国来说十分重要的问题，如大众教育问题、乡村发展问题、人文精神问题被边缘化时，徐先生依然孤身前行，毫不退缩。他领衔编辑中文自学教材、大学语文教材。这些十分重要的普及中华文化的工作，在评定教授职称时都几乎被"看贱"。但在先生眼里，这是中华民族整体素质提升的问题，不可须臾放弃。先生在学科研究、编辑、教学十分繁忙的情况下，像播撒文明火种的"普罗米修斯"，殚精竭虑，宵衣旰食，不计名利地工作。在他身上，我看到当年北大杨振声编辑中学教材的影子，看到梁漱溟对中国乡村问题执着研究的形象，看到晏阳初和陶行知身体力行投身乡村实验的背影，甚至看到托尔斯泰对乡村问题、农村教育问题的关心。中国如此多的文化大家都曾经把心血贡献给中华文明的建设工程，而大量的当代学人却"远大道，求小器"，冷落了文化建设的基础性问题，不能不说是一种精神悲剧。徐中玉先生不计名利甘坐冷板凳，为此付出了毕生精力，比较之下，先生为人实在是可敬可爱、可圈可点。

从道德厚度来看，先生温润如玉。

作为他的学生，因为一场大病，对先生温润如玉这一点，感受更多。1988年暑假，我得了一场肝病，整整九个月卧床不起。这病改变了我的生命轨迹。当时心里比较灰暗。1990年给研究生院去了一封信，提出能不能发一个肄业证的小小请求，以证明本人在这里读了两年研究生。研究生院回信告知，由于本人在重病期间没有请假，只能作退学处理。这可是晴天霹雳！我赶紧给先生去信。先生以最快的时间给我回了一封信。他说，其他问题不要考虑，在身体许可的情况下，把论文写好。这封信让我看到了希望，带病开始起草论文。在写作中又因为病情复发，不得不再次住院。在医院里，想到先生的话语，想到同门师弟们都已经顺利拿到学位，心中激起一种前所未有的勇气，再次抱病写作。1990年4月份把写好的论文发给留在学校工作的师弟朱桦，请他打印分送给导师。不久接到先生来信，他要我在身体允许的条件下择日来上海答辩。5月我赶到上海，先生像迎接前线将士一样在家里宴请我。我告诉先生我得的是传染病，不方便在家里吃饭。先生轻轻地说：知道，没事，就像在家里一样吃吧。一句话，真让人鼻子发酸。得了这场病，很多人像回避瘟神一样回避我，先生却用温暖的家宴温暖我的灵魂。他笑眯眯地不停给我夹菜，嘘寒问暖像慈父。

几天后，在文学院，徐中玉先生、张德林先生、黄世瑜先生、宋耀良先生组成答辩组，朱桦是答辩秘书。最后结果全票通过，同意授予文学硕士学位。要知道，那个时候，全国硕士毕业总人数才有五万来人。

先生的批判精神和他温润如玉的性格水乳交融。这样，他的批判，不是号叫，不是胡适先生所批判的那种"正义的火气"的爆发，也不是鲁迅先生那种一切都在否定之列类似"愤青"的批判，他的批判，固然有着"五四"那代人的否定精神，但是，却能够超越，他比较注重的是批判中的建设问题。这就是比较高明的思想境界。

我们在他的客厅里所放纵表达的意见，先生不一定赞成，但他极力保护我们发言的权利。正因为这样，我们五兄弟的思维才不致僵化。吴炫的否定主义哲学建构，几乎和先生的观点无甚关联，但是，毫无疑问的是，这种充满反叛创新精神的思维惯性，却是先生博大包容精神所浇灌出来的。李裴毕业后从事的虽然是党政工作，但是，在先生这种独立不落寡臼的思想路径培养之下，工作也做得风生水起。贵州省的很多战略决策和具体行动不少都凝聚了他个人的创意。朱桦尽管较早脱离学界，他在企业管理，特别是企业创新创意方面成为重量级人物，也得益于先生的思想基因。谭运长从事编辑和研究工作，独立性创新性成为亮点。他所主持的一份刊物曾经拥有百万订户，创造了奇迹，后来在传记写作和心学研究方面独树一帜。本人尽管后来从事教学管理工作，但是总把创新创意作为工作、写作的基本理念，在学校素质教育方面、文化产业创意方面、文学研究方面高举了独创性大旗。

先生教我们学习如何做人做事，如何创新创造，是我们的精神业师。毕业后我们离开先生已经二十七年了，也竟然二十七年了！现在本人马上就要退休了，就要与同学们相忘于江湖了，回忆一生经历，与先生相识，得先生衣钵，成先生学生，是一生中最大之幸事。

今年先生百年人瑞大寿，《礼记·中庸》孔子答哀公问曰："故大德……必得其寿。""仁者寿"，正是先生之写照。作为先生众多学生之一，我庆幸能够成为先生的学生，庆幸能够在有限的生命中，与先生百年生命有一小段交汇，正是这段生命的交汇，使我的思想、品格和行为多少能够受其影响而充盈一生。

曾姨

一

四十三年前，本人十七岁，修建麻阳铅矿，驻扎在一个小村庄。虽然回到故乡，但听不懂故乡的话，家境不好，没有人敢沾边，虽在故乡，却依然是一个飘零人。出身不好，打钢钎是抡锤的人，放炮是点火的人，拉石磉是背纤的人。吃饭最后装饭，收工最后离开，开会最后一排，表扬榜最后都无名。

好在那时候本人幼稚地喜欢诗歌，天真地以此为荣，不知死活地为诗歌沉醉，用"诗和远方"把自己和严酷现实隔离开来，活在虚无缥缈中。浪漫幼稚的爱好最大好处是将苦难远远地阻隔在心灵之外，懵懂无知的好处是本人身处苦难而不觉。真是一"傻"百乐生。

记得那时正值疲惫苦闷之时，总部来了个外地医生，带来了新气象。她长得白净秀美，城里人着装，会唱歌讲故事且爽

⊙ 曾姨

朗大气，一脸笑颜使人顿生亲切之感。于是，在茫茫大山里，她和她的医务室成了这片星空下最温馨的渊薮。许多民工没病装病，吃完晚饭，都找个借口到她那里跟她聊天，看她那一口在乡下很少看到的纯白牙齿在红唇中隐现，飞扬出来的声音仿佛大珠小珠落玉盘，真是一大享受。于是，这群满口黄牙、一身精壮的汉子们几乎每天都到山腰中那幢民房去。

本人身背家庭出身不好的自卑，自觉远离人群。民工们去曾医生那里赶热闹也只有从工友们回来谈论的话题中得知一二。但本人从不去那个地方赶热闹。直到有一次得了高烧不得已去了那间医务室。一次命定的生病，让我认识了曾医生。她从我的外地口音和破烂服装，猜出了我是什么人，便显示出一种格外的关照。当知道我吃不饱时，便发出连连的啧啧声，从此叮嘱我，要我每天晚饭后到她那里去坐坐。

第二次去的时候，她端出一个大搪瓷碗，碗里盛了满满一碗饭，还告诉我，饭下面盖了好多肉。她说利用在团部吃饭的便利，可以多盛一碗饭，你正在长身体，不能饿着。为了不让别人看见，我不得不躲在药柜后面，管不了饭菜的味道，狼吞虎咽就扒完了。这种日子差不多持续了一年。每次从她那里接过饭，都能感受到一种母爱，感受到"同是天涯沦落人"的那份温馨。

慢慢地，去的次数越来越多。在她那里，我知道了知识的价值，知道了许多国外的著名文学家、作曲家，她给我开启了知识的大门，让我感受到文明的魅力和力量。她启发了我建构对未来的向往。我尊她为曾姨。几十年过去了，回忆起来，她对我，不仅是"一箪食，一瓢饮"的恩情，更重要的是给我人生点了一盏灯，尽管不够明亮，也很短暂，但是，在万马齐喑的时代，这盏小灯显得分外明亮。后来，在"文革"纷乱的时代，我们中断了联系，不知道她在哪里。几经辗转，后来在怀化找到她，已是近八十岁的老太太。最近电话打不通了，不知道怎样？还在老地方吗？曾姨，您点亮的那盏灯，至今还在照耀着我。

行走的树——为爱就这样折腾到老　上卷

94

二

今早终于打通曾姨电话，电话那头传来熟悉的声音。原来，她到外地女儿家过了几年。于是趁时间空余，我赶到了曾姨家。十年后，再次重逢，高兴自不可言说。老人今年八十二了，仍然精神矍铄。语言能力极强，滔滔不绝讲起以前的日子。怀旧是我们的主题。她拿出了以前的照片，看着那些发黄的照片，真有一种穿越感。那时，所有的苦难在曾姨的歌声中故事里消解得一干二净。她有一种单纯的美，能感化周边的一切。她开朗，乐于助人，毫无心机，澄澈透明。饱经苦难，却不在心中压一份重量。她的丈夫是右派，一个圣约翰大学毕业的银行家，英俊沉稳。她与丈夫一起被赶到我的家乡务农。他们相濡以沫，共渡难关。那段黑暗的日子里，我几乎从未听到她抱怨什么。很多时候，我们凑到她的跟前，听她讲音乐，或者在她吹奏的忧伤的口琴旋律中，释放压力。没想到，重逢的快乐，使老人忘记了年岁，她取出口琴，在十多把各国口琴中挑出一把老口琴，轻轻吹起了勃拉姆斯的摇篮曲。熟悉的旋律在老旧的屋子漫延开来。当她吹到"愿上帝保佑你，一直睡到天明"，分明有泪珠挂在老人的脸上。吹完口琴，她兴致未尽，又打开风琴，弹起了《当我们年轻的时

⊙ 曾姨

（张建永/摄）

⊙ 曾姨和她丈夫

候》。积压了几十年的苦难都不足以让老人流泪，而那份"同是天涯沦落人"的感情，今天挪动了老人的心灵"压舱石"，我看到，曾姨任堵塞了几十年的老泪流下来滴在琴键上，人呐……

三

老人家从抽屉里翻出我回吉首后给她寄的照片。我们失联之前，我每年都给她寄一些照片。现在，这些照片就放在我的眼前，巨大的历史冲击力震撼了我。每张照片都被精心保护，都四十多年了，没有一张卷角、缺角，就像熨烫得很整齐的旧服装一样，给人舒服感。多少时光过去了，多少记忆发黄了，连老人门窗上的铁栏杆都快被锈蚀掉了，但是这些照片，不过是一个被她照顾过的小孩的照片，却在老人的精心呵护下，平平整整，保留在这间局促寒碜的小房间里，保存在老人对流逝岁月的追忆里。

而我自己的老照片，几经搬家大多丢失了。我们怎么会弄丢了这些历史？我们好像有借口，为生计奔波，为事业忙碌，有所谓远大的目标。其实，在忙忙碌碌的工作中，我们无意间丢失了很多。人世间，有些努力是可以计算出成果的，有些是不能计算出成果的。在我看来，那些叫作成果的功名利禄不过是身外之物，而称不上成果的人间真情，却是宝贵如玉。在这个急遽发展的经济社会中，人们多半只开发出生命中的利益欲望，而忘却了那些承载着生命价值的"无功利"追求。

曾姨一生清贫，活在巨大的政治压力之下，却始终保持那份纯真，贫穷而有尊严地活着。她用音乐、图片、读书这些方式，抵御各种压力和打击。在她只是十五六岁时，她的父亲在战争中被俘，被投入大狱。一个完整幸福的家在滚滚前进的历史洪流中被冲击得像枯枝败叶一样，她就此开始了悲惨的飘零。她的父亲叫曾树藩，黄埔第五期学员，与胡琏同班，做到中将。想当初他作为一个农村热血青年，响应国家号召投笔从戎，从大湘西奔赴广东投靠部队。然后各为其主，效力各自认为正义的"主义"。在两股力量大打出手的历史大环境中，个人的命运完全不在自己的手中。当这一页翻过去之后，国家民族的伤痛却以个体的悲惨命运展示出来。一些人消沉毁灭了，一些人挺下来了，曾姨就是挺下来的一位，她以弱小的口琴作为"武器"，用世界名曲温暖心灵，隔绝苦难，护佑自己和家人。在那段苦日子里，曾姨用口琴为我吹奏了许多世界名曲，虽然不懂，好听的旋律却像清溪流泉，给我的灵魂注入了善美和勇气。

（2014.6.11）

凤凰：一个永远演绎
自己故事的小城

　　一百次凤凰之行，都看不厌。凤凰不怕你打扮也不怕你诋毁，她总是那么魅力十足，诱人入魂。也许她最大的魅力在于个性，几乎所有的凤凰人都类似"茶馆"里的人物，个性鲜明，没有一个是相同的。张扬的狷介狂放，内向的木讷如石，善辩的能说哭菩萨，狡诈的能击退三军。善者千金散去无犹豫，勇者为国捐躯不眨眼。就是这个地方，令人心向往之。散心的、求偶的、观赏的、放松的、发呆的、游走的都来到这里，于是凤凰成了生命的一座驿站，遥遥地隐现在烟雨中。

　　北门码头，是故事集中产生的地方。熊希龄从这里上船，走向民国总理；沈从文也从这里出发，成为作家；很多年后，黄永玉创造了一份独一无二的成就，成为文学兼修的怪才。多少凤凰人从这里出去，成就了一番大业。

　　凤凰的辉煌，不仅是从北门码头走出了不少凤凰人杰，还在于不少人杰从北门码头登陆上岸，给凤凰带来了新思想新作派。在这里上码头的，有"中国第一文化贵族之家"称号的陈寅恪的祖父、湖湘文化宗师之一的陈宝箴，他还在这里生下了陈寅恪的父亲、齐白石的老师、近代中国文人画宗师陈三立。历史上，有很多很多历史文化名人都在这里上岸并演绎了自己的故事。

　　前几年，谭盾在这里演奏了他的交响曲《地图——寻回消逝中的根籁》，引起轰动性反响。那时我坐在这里，沉醉在他的音乐世界里。只是离去时突然想到沈从文曾描述北门码头被大刀砍下的人头，四处溅血，小小沱江也是猩红一片。真是时移事迁，沧海桑田。同一个空间，在不同时间发生的故事竟是那样参商之别。

北门码头就是该产生故事的地方。它常常产生缠绵离别和毅然前行。在清末民初朝代更替时，凤凰人还在这里付出殷红的鲜血和鲜活的生命。那些与中国历史宏大叙述接轨的故事，百姓自己日常生活中的鸡毛蒜皮的情节，每天都实实在在这里演绎着。有时色彩是冷调子，色温是灰色的；有时是暖调子，是温情和感人的。当时代把整个调色板重新换掉，用重彩浓墨和明快纯粹作为生命的底色，北门码头呈现的一切故事都应该快乐而美好。

今夜，一切和酒以及美好相关联的人和事再一次聚集在这个故事的集散地。我和着沱江之声，倾听到了萨顶顶的《万物生》。这是一个美丽的妖姬。她独特的唱法，合着窈窕纤细如灵蛇般扭动的身材，是今夜最令人陶醉的故事。

（2014.9.14）

⊙ 古城凤凰（张建永/摄）

劫波渡尽废墟哀

在湘西腊尔山腹地，被清王朝称为"生苗"的小村庄苏麻河，孤苦伶仃藏在深山老林里。如果不是为同事吴衡忠父亲治丧，这个村寨恐怕永远不会进入我的视野。

长途疾行三个多小时，乡村公路蛇行在山峦谷底，到处是迷津。一路问路，非常麻烦。最后干脆顺路带上一位去腊尔山赶集的苗族大妈，在她"常青式"的指路后，方才找到这个地方。微风细雨中，衡忠早已远远等候在村头。

还未来得及祭奠烧香，衡忠轻轻说："先带你看几个地方。"

原以为"剧情"会慢慢展开，无非是美丽的乡村景色和田园风光。出乎意料的是，刚走十几步，一拐进小河湾，岸边一溜残垣断壁以非常气势凸现眼前。八仙桌大的四方形巨石和屠桌般的条石所砌成的围墙，赫然矗立眼前。尽管墙体上半部分已经崩塌，其辉煌气象和尊贵架势依然令人震撼。巨石铺就的道路延伸到村寨尽头，巨大码头和纤小河流形成强烈反差。这码头分明配得上大江大河，可眼前却是细小如沟的小河。什么原因造成了这极不恰当的关系？问苍茫历史，历史不语。

细细揣摩，可能是当地人的浩大理想和不竭创造力远超客观地理环境能承载的所致。小河流大码头，小村庄大物流，没有大物流何须大码头？可见，这座小村庄的灵魂一定不同凡响，它的梦想和为梦想奋进的爆发力浩浩如江河。苏麻河漫山遍野长的是五谷杂粮，养育的却是诗人胸襟、豪侠气概。

苏麻河的光彩还不止于财富创造。衡忠告诉我，这里还是乾嘉苗民起义的核心地区。全村苗族同胞为了自由和生存，与清王朝进行了数次血腥较量。他们用血战到底的勇气，撰写了比他们建造的巨大码头更为辉煌的英雄史诗。

苏麻河战役是乾嘉苗民起义中最血腥最重要的一次战役。清王朝调集了七省兵力十八万人马，把村寨围了个水泄不通。经过几天几夜血战，苏麻河人弹尽粮绝，整个村寨被大火烧得精光，没逃走的无论男女老少全部被杀，义军、平民死亡两千多人，苗族主要将领吴半天被俘，被押解至北京斩首，时年才二十四岁。

令清王朝万万没想到的是，湘黔川边地几个小村落的苗民造反竟然动摇了国体，非大军压境不能平复，非大将出马不能靖边。皇上派出的是他的心腹大将福康安。这个家伙据传是皇上的私生子，授户部尚书、军机大臣，历任云贵、四川、闽浙、两广总督，官至武英殿大学士兼军机大臣，谥号文襄，配享太庙，入祀昭忠祠与贤良祠。副帅和琳，和珅的弟弟，历任兵部侍郎、工部尚书等职，骁勇善战，追封一等公爵，配享太庙。

两位股肱重臣也真没有辜负皇上重托，平定了起义，但是，也就在这里，他们抵上了自己的性命，葬身湘西乱草岗上，与他们的对手阴间相会。

苏麻河的伟大在于，野火烧不尽，春风吹又生。他们把战后重建工作开展得有声有色。我眼前这些将要倒塌和已经倒塌的巨大建筑，那些废弃在草丛中精美绝伦的石雕和风化在时间里的石墙石径石井石门，都是战后三百年来苏麻河人民重新建设起来的。战争将他们的物质财富、精神财富和审美符号毁灭了。他们凭着勤劳的双手、浪漫的精神和坚强的意志，又一次次重建。只是，这些美丽怎么就在不知不觉中坍塌了呢？历史该怎样回答这样的问题？

苏麻河，是我在湘西多次晤面的无数"美丽乡村"中的一座村寨。它绽放在历史深处，却颓败在当下。面对这种景象，真是无语。

（2014.11.26）

新年唠嗑

一

每个人都被自己的父亲牵着走过岁月，然后又牵着自己的孩子继续往前走着，一直不间断。一代代，创造了故事、爱情、事业，没有开始没有结局。记住生命中最直接牵你的手和你牵的手，把阳光雨露和风雨都揽入怀中。

都说生养后代是保持种族延续、家族发展的重大工程。对倒是对，就是对具体生命感觉来说，未免太宏大了！有谁在造人时一边造一边想到这伟大意义？想到的都是脑子进水的。

这几天与外孙这坨小鲜肉朝夕相处，他的笑他的闹，他多得可以捕捉到的但丰富到无法解读的瞬间表情，那叫一个暖心啊。我们家这坨小暖男给我的直接感觉不是什么家族发展问题，而是生命中有一个新朋友在慢悠悠地向你跑过来。你只消蹲下来，张开手臂，他就是你的心灵伙伴！

记得女儿小时候很依恋我。她妈妈到外地进修、国外访学那几年，做老爸的我总是在周末把她放在我的太子摩托车后面，很拉风地在湘西大山里飞奔，被我们甩在身后的，是漫山遍野的油菜花，是弯弯的河流和高高的山峰。我一直以为（至少从情感上），我可以一辈子这样带着女儿在湘西大山里游走。

但是，生命成长的代价之一，就像种子一样，总有一天它们会从母体中飞出来，飘向空谷中，远离母体而去。这个成熟过程，是多么忧伤的美丽啊！

二

今天终于把脚踏在这片废墟上。圆明园，国殇之园。

不想再去描述这园子先前如何辉煌现在如何沧桑。那都被人写烂了不是？我就纳了闷了，这么大一个国家，怎么百年来就老是被人像掸一条死蛇那样轻易地掸过来甩过去，没一点还手之力？别人想怎么打就怎么打，想怎么玩就怎么玩，满地找牙不着，还赔钱赔礼？

看来输赢还真是个大事。作为个人，小时候你打输了，就得给打赢的人背书包。国家也一样。问题是，我们老是输，就像在牌桌上打到天明也没和牌一样，老想回本儿。心一急，浮躁、浅薄、逐利，什么坏毛病都来了。于是"左"的右的来了，高明的愚蠢的来了，机灵的笨拙的来了，瞎折腾胡乱搞的来了。一时间弄得乌烟瘴气，思想五马分尸没个主心骨了。

就说这"落后就要挨打"，看似真理，但从历史深处这么一望，好像不尽然耶！最起码解放战争时，解放军武器装备给养和人马处于劣势，但挨打的是美式装备武装到牙齿的"蒋匪军"。往远处说，盘踞沈阳龙兴之地的努尔哈赤的后金与大明王朝相比就落后很多，但挨打的是明王朝。共和军兴之时，落后的是革命军，但挨打并被打翻在地的是清王朝。再往前说当年做奴隶的日耳曼人落后吧，可就是他们把统治者的西罗马帝国推翻了。这一路说下去，落后打败强大的例子实在太多。当然不能由此归纳为强大就一定挨打。所以总结历史经验，不能以偏概全，比如有人得了脚气刚出门又被车撞死，不能由此得出被车撞是因为脚气。挨打的原因太多了，那么简单归纳，很容易得精神病。

那为什么会挨打？深刻的道理咱说不出来，总是留待貌似思想家哲学家、政治家那类人去说。依我看，至少逃不出这三条：不团结肯定挨打，腐朽肯定挨打，逆历史潮流肯定挨打。

圆明园的夕阳曾经被鲜血染红，现在又一抹夕阳远照，血红的夕阳把圆明园废墟漂染得悲壮雄浑。

圆明园这个地方总是要去的。第一，这是国家伤口，应该凭吊。记住一些东西，思索一些问题，敲击一下麻木的心灵。第二，残破之美是美学上更深刻的东西。人类是一种创造兼破坏的高手。能创造像圆明园、金字塔、罗浮宫那样伟大的东西，也能将之毁灭成一片废墟。马丘比丘、金字塔……残破美拥有一种无可抗拒的力量，像牛耳剐刀，能将人割伤割痛，从而激起震撼、痛惜、哀婉、凄楚等特殊感受，以此唤醒沉睡的感觉和麻木的理性。

（2015.2.27）

性感湘西

——元宵烧龙有感

吉首马颈坳镇的烧龙活动不是"精彩"二字能够表达的。数百精壮彪悍的男人，个个都具有种马般强壮的身体，光滑黑黢黢的皮肤下滚动着骚动的肌肉疙瘩。舞龙正式开始之前，他们一群群一对对互相瞪眼咆哮，发出狮子般的吼叫，表达野性和挑战对手的欲望。那一片海啸般的叫声，如狮如虎，如狼如豹，分明传达着癫狂血腥的情绪。星空下，一片火海里上演着湘西血液的一次狂野燃烧。

这种癫狂且性感十足的仪式，是那些循规蹈矩的人们侧目的活动。

湘西，古楚蛮夷之地。在茫茫大山和魑魅魍魉出没的地方，人类显得弱小无助。生命要在这里生存和发展，非强旺不足以立足，非野性不足以驰骋，非性感不足以传宗接代。他们这种敢于面对，勇于挑战，无所遮拦地宣泄情怀的个性特征，撼山动地。

据说烧龙仪式延续了三百多年，是苗族生命形式中一种重要的表达。缘由是一条火龙将田里青苗焚毁，造成千里干旱，一片焦黄。一个张姓苗族青年为捍卫生存权，去峨嵋学法，用火将火龙烧死。这种传说透露出当时生产力低下，人们无法抗拒天灾人祸，想方设法以仪式来对抗天灾的状态。从理论上讲，这是巫术"万物有灵""交感论"在潜移默化中起的作用。久而久之，仪式所搅动的文化情感积淀下来，慢慢地就演变为民俗中各种节庆活动。元宵烧龙，便是包括马颈坳镇在内许多地方延续了三百多年最有吸引力的活动。

⊙ 吉首烧龙〔张建永/摄〕

　　元宵烧龙，民俗家从中窥视文化发展脉络，政治家感受政通人和，摄影家捕捉瞬间精彩。老百姓则不然，就图一个快乐开心。场面的激烈程度无异于战火纷飞，到处是火焰狂泻，钢花飞溅，爆炸声此起彼伏。几条龙在火海中穿行腾跃，东突西闯。有时，舞龙头的小伙子故意使坏，突然冲进围观人群中，撞倒一大片，弄得一些摄影家在他们的狂吼坏笑中，丢盔弃甲，抱头鼠窜。

　　湘西夜空中，那些坏笑不坏，舞龙的性感小伙把施虐当成快乐，那些惊叫不惊，所有人包括倒下的都在期待"欢闹"的高潮。欢闹欢闹，有"欢"没"闹"，那还叫什么欢闹！

　　见此情此景，老夫忘却年龄和身份，就如同期待过年已久的顽童，冲进火海，右手相机左手手机，左右开弓，把湘西生命形态，把血脉贲张的小伙子活力四射的身影捕捉住。

　　浩瀚宇宙中，生命的任何一次"撒野"都有价值，更何况这是一场极其个性化的活动。狂欢夹杂惊悚，期待蕴含突变，骚动含着温情。尽管老汉我已经退出江湖，但仍愿冒险为他们的情绪记录，为他们的血性背书，为他们的世俗情感喝彩！

（2015.3.6）

母亲

一

母亲离开我们有三十四年了。清明时节，我在想，该给母亲写篇祭文了。几十年思念不绝，可每次提笔都感到笔重千斤，铺写不开。这个难写不是由于什么难以评价之类的顾虑。母亲是普通百姓，用不着所谓的"全面深刻"的评价。也不是怕得罪什么人，而是不知道应该怎样写。像写一篇文学作品那样作深刻状？要知道，语言选择、句子铺排、结构设定等等，只要努力表达，就会让人质疑究竟是在怀念还是在炫技。当内心的全部真诚需要转化成文字之时，关注点、注意力就必然会从情感的哀悼中迁移到对文字的选择铺排和句子的结构提炼之中，情感的宣泄便异化成技术的宣泄。这不是颠倒了初衷吗？我不忍用母亲之死来成就一篇所谓的"好"文章，太残忍，有出卖亲人的感觉。

这就是几十年没有动笔的原因。

三十多年过去了。岁月冲淡了母亲离世给我带来的苦痛，也让我看清了原本人来到世上，就有来有去。匆匆一遭，成为亲人，那是天大的因，离世去天国，就是一种果，极为自然。看清了这点，人就活在自然缘法之中。来，是缘来，去，是缘去，应该重视的是两个生命之间的一段亲缘。要知道，在众生中能成为亲人、母子，那是几十万个亿万分之一的可能，是天大的幸运啊！三十多年后的今天，当儿子的借清明节来临，用一些文字，做成牺牲，供奉在祭奠母亲的神龛上。

母亲出生在湘西一个耕读之家，一生都在大时代浪潮中，赢弱得像一根漂浮在激流中的小草，不能自主，只有随波逐浪。外祖父年幼时，家道衰落，但他自幼勤奋好学，居然从湘西大山深处考到千里之外的北京，就读威名赫赫的京师大学堂（现在的北京大学）商科。这件事在当地成为全体乡民的共同荣耀和美谈。

母亲跟随外祖父，从小生活在沅陵、常德这些湘西大码头，偶尔还会去一下汉口。她识文断字，精研女红。可是好景不长。外祖父作为禁烟官，执法如山，得罪了江湖上的烟土贩子，触动了一些达官贵人的利益，竟被人谋害。外祖母勇敢地挑起外祖父留下的担子，带着年少的母亲奔回乡下，守着一块薄田为生。艰难时，母亲的女红本领发挥了作用，她和外祖母日夜劳作，编织花带、衣帽，逢节赶场，便背了去场上叫卖，换回油盐柴米酱醋，艰难度日。

二

在关键时刻，外祖父的同年好友，我的祖父，并不嫌弃母亲家道中落，坚定不移地履行他和外祖父年轻时候指腹为婚的戏言，在母亲长大之后，将她迎回岩门镇家中。

这个时候，我的父亲正在外地求学。他十三岁独自一人离开家乡，到沅陵就读美国教会办的朝阳中学，后来升高中转到常德中学，再后来考上抗战时国家唯一的国立师范学院。父亲的业师是国内大名鼎鼎的孟宪承、高觉敷、郭一岑。父亲在这种状况下回家乡与母亲完婚，然后仍然在外地辗转求学和工作。

尽管张家属于岩门镇大户人家，可是母亲由于连生了几个女孩，不被看重，加之祖父的姨太太掌管家族大权，祖母被排挤在一边，父亲又在外工作，其时母亲连上桌吃饭的权利也被剥夺，只能蹲在灶房与所谓的下人一起就餐。不仅如此，母亲还承担了全家族的勤杂，像长工一样，伺候公婆，洒扫庭除，洗衣做饭，春种秋收。父亲从外寄回的钱也全部落在祖父的姨太太手上。

母亲下地干活时，手上抱着二姐，背上背着大姐，到了地头，就把姐妹俩放在田坎上，用树枝围起来。干完活，就给二姐喂奶。有一次母亲实在熬不住了，就对跟在新翻开的土壤中寻找食物的喜鹊说："喜鹊啊喜鹊，你告诉大妹二妹，她爹爹是不是快回来了？是的话，你就叫几声。"突然喜鹊成群结队欢叫起来。母亲忙给大姐二姐说："快听，喜鹊叫了。你们的爹爹要回来了。"事情还真这样巧，第二天父亲真的回来了。

再后来，翻天覆地的革命冲击到这个小镇。一切都被兜底翻翻。革命的洪流摧枯拉朽，荡涤一切旧时代的物质、秩序。祖母赶忙把家中一些细软缝在母亲宽大的棉衣里，催促她北上找父亲。

母亲也不知道哪里借来的胆子，一个人带上孩子就上路了。她背一个抱一个，晓行夜宿。有时混在一大群逃荒人群中，有时带着大姐二姐翻山越岭孤独地寻路。

那时湘西兵荒马乱，路上不是土匪就是国民党残兵，再不就是漫山遍野搜山的解放军。母亲带着大姐二姐毫不退缩，且讨且行，居然一路有惊无险。

一次，在公路上遇到解放军拦路盘查，见母亲疲惫孩子饥饿，一个当官的问明母亲去处，便拦住一辆军车，把母亲和两个姐姐送到车上，她们混在一群穿着黄色军装的大兵中，搭顺风车见到了父亲。父亲大惊，怎么也没想到一个农村妇女，竟然穿越战火，躲过兵燹，带着两个孩子数百里跋涉走到眼前。是什么力量如此强大，能够支撑她走完这段艰难的路程？

三

穿过战火，一家人终于团聚。母亲把两个孩子和缝在棉衣里的金银细软一起交给父亲。我无法看到当时的情景。我想我母亲一定是骄傲的，她用勇敢到近乎傻的拼命精神，宿破庙，饮山泉，躲兵匪，风餐露宿，拖儿带女，最后把生命结晶完好无损地交给父亲的行为，令人唏嘘感叹。这是一次所有理性智慧人物所不愿为的"长征"，因为路途无数个死亡可能，无数个遭遇凌辱抢掠的可能都不容置疑地存在着。母亲奋力一搏，用今天的眼光看，确实莽撞了些。但是，究竟是什么力量激起母亲一定要北上完

全家福（第一排左起父亲张志怡，母亲滕淑华。第二排左起二姐张建涛，我本人，大姐张建勋，外甥女方燕。）

成一个人的长征？她从来没有给出答案，她也不擅长用语言给出答案。她就是用自己一生具体的活法，丰富着"母亲"这个词汇的意义。

我认为，作为一个农村妇女，孩子就是一切，她的全部理想就是找到丈夫，让孩子有个可以遮风挡雨的地方。为了实现这个愿望，母亲的勇气大过智慧，坚韧大过盘算，以粗糙的勇气和莽撞的爱心，居然穿过到处是死人弃尸和枪声零落的硝烟战场。这期间，她还要与国共两方军队擦肩而过，这是一种什么精神？我不愿意低估其他人的勇气，能做到这点的人，只怕不多。我的母亲做到了。

我问母亲，那些金银细软呢？母亲含嗔说："你爸都寄回家乡农会了，就换回了巴掌大一张农会开的收据。""文革"前我见过这张发黄的收据。特别是最后那个鸡缸杯大小四方形写满篆体的朱红色农会印章，给人印象极深。

中华人民共和国成立，国家政通人和，干部风清气顺。好日子来了。我也诞生了。整个家庭有一段极温馨的好日子。

但是这种风和日丽的时光太短，不久就进入三年困难时期。好在当时对干部序列实行小中大三级照顾，父亲被排在"中灶"系列，每个月能够凭这个中灶本，买到市面上买不到的食物和用品。父亲的工资虽是单位最高的，但是由于母亲是全职家庭妇女，不工作，无收入，父亲一人工资要养活奶奶、外婆、我们三姐弟，加上他们自己一共七口人，已是十分艰难。母亲看到中灶里提供的好食品，自己买不起，不能坐等饥饿，就想出了办法，用这个中灶本所包含的"特权"，和几个有着资本家背景的同事进行交换，把本子借给他们，然后交换成更便宜的食品。这相当于今天人们所讲的卖指标。

这种办法，是父亲这个受过良好教育的人，挤破脑子也想不出来的，母亲以其独特思维，帮助全家一次次渡过了难关。

四

母亲读书不多，没正式上过学。她所有的知识都是外祖父教给她的。她随着外祖父，走遍了沅水湘江流域很多码头，在乡下算得上是见多识广的人。

我开始读小学时，父亲和母亲给了我两套思维方式。父亲是严谨的科学主义者。母亲经常嘲笑他给我制定每天吃多少奶、喝多少水、吃多少饭的规定，认为这很蠢。父亲在教会学校养成的吃饭不说话的习惯，也常常遭到母亲笑话，说父亲一吃饭就成傻瓜了。父亲对时间有非常刻板的认识，对阅读坚持用全新的小学辅助读本。在这套系统里，我知道了三国、水浒，知道了伊索寓言、荷马史诗，知道了特洛伊战争和但丁。母亲则额外教给我很多儿歌、寓言、神话、传说。什么白娘子传、梁山伯与祝英台，我在读小学期间就知道了。母亲特别会摆龙门阵，讲笑话。有时候一家人围坐一起，就是母亲在讲笑话，不仅逗得我们三姐弟傻笑，有时候也会让父亲笑得呛了几口水。但是，当母亲讲《三字经》《增广贤文》里的故事时，又遭到父亲的强烈反对。他认为这是封建主义的东

⊙ 我们三姐弟

西，不符合唯物主义观点。母亲反驳说她不懂什么主义，就知道这讲的全部是真话。

我觉得父亲是有权威的，老师也是这样讲的，所以后来我拒绝母亲教我《增广贤文》，甚至把书本烧掉。几十年后的今天，重看这本小册子，竟然感到它说的全部是真话，它就是一部世俗哲学，闪耀着中国传统文化的精神之光。

我受到父亲严谨的思维方式的影响，至今对哲学和科学保持持久的喜爱，对工程技术有近乎痴迷的关注。如果不是"文革"小学失学，估计我会是一个工科男。但是，母亲对我的影响依然非常深厚。我喜欢和老百姓保持一种亲和关系，喜欢和他们拉家常，就是深受母亲影响。记得一次在凤凰和著名历史学家谭伯牛、女作家罗维、中南大学教授孟泽参加凤凰网"雪夜漫谈"，休息期间，我们坐在一家店铺前喝茶，我与一位店家有一段非常开心的对侃，侃得店家快乐无比，也侃得周围人都驻足围观。估计这三个知识精英在内心会很惊诧：这个家伙怎么与老百姓能聊得那么开心？这点习惯我在菜场买菜时发挥得淋漓尽致。我可以逗得卖菜大妈一个劲傻笑。常常是好久没去菜场，一去那些大妈就会说："你到哪里升官发财去啦，我们的菜都卖不掉了。"那一刻我会觉得很开心，充分享受到融入世俗审美时那份没有假面、没有虚伪和矜持的温暖。

五

父系先祖其实出的武人多文人少（这可能是我当知识分子总当不像的原因，那些咬文嚼字、假模假式、虚头巴脑的做不来也不想做）。"文革"结束后，父亲带我去祭扫了祖坟。十几个墓碑，都是什么参将、总兵、游击之类的清朝军人。但到了父亲，却成了真正的文人。他古文英文全都不在话下。"文革"被赶回家乡，他常常背英文版毛主席语录以排遣悲愤。"文革"一结束，他就出版了自己的翻译著作。母亲和父亲相比，简直叫没文化。但是，母亲的幽默、唠叨和全力操持家务，成为我们这个家的重要支柱。

母亲非常固执，进城几十年，坚定不移不照相（那张全家福还是父亲获平反，她一时高兴放松了警惕，抗不过我们软磨硬泡，才勉强去了照相馆照的）；坚定不移不穿列宁装（那时周边阿姨们全部一水儿列宁装，真是飒爽英姿），永远穿农村妇女那种宽大连襟右扣的布衣；永远不戒烟，抽最廉价的"节约"牌香烟（父亲烟酒不沾），即使在生命垂危之时，仍然要抽烟。

⊙《艺术思维哲学》书影

父亲母亲给了我两套哲学。父亲给的一套是与世界接轨的严谨的逻辑思维方式，很规范，很准确，很科学。十多年前出版的那本三十几万字的《艺术思维哲学》，大概与这种精神遗传有关。母亲给的是传统世俗哲学，很温情，很受用，很实在，很有想象力。大概那部文化部和国家旅游局列为国家重点旅游演艺的《魅力湘西》，流淌着母亲给我的世俗美学基因。

当然，母亲交给我的世俗哲学中"吃得了亏，才做得成一堆"这类吃亏哲学，即使我没有私敌，也使我吃亏不少。有时为了单位，担当了不该担当的责任，为朋友，付出了不应付出的代价，即或如此，也从未后悔过。

美好的日子就这样直到1966年。

昼夜之间，大字报满城满街满校园满家都被贴出来了。

父亲被打倒，戴上高帽子，每天晚上吃完晚饭，带着单位的"牛鬼蛇神"，敲着锣，一边喊咒骂自己的口号，一边打锣，沿着吉首大街走一圈。开始很多人围观，后来就习惯了。每天在吉首大街上都可看见这些"阶级敌人"自己游街，久而久之，连围观的人都没有围观的兴趣了。

回到家中，父亲放下锣，母亲就端上想尽法子做的几道菜。一家人默默地吃饭，真像父亲讲的教会学校吃饭不吱声那样，上演卓别林时代的"默片"。

六

"革命"风暴像龙卷风一样，把吉首这个小小山城掀了个底朝天。小城每天都在上演打砸抢，时不时还有枪声。我隔壁的李老先生早已退休，却依然被红卫兵拖到街上游斗。七十多岁的老人，一米七八左右，一副美髯，挂着牌子，器宇轩昂，跟在我父亲后面游街。他什么场合没见过？满不在乎地东瞧瞧西望望，跟一起游街的知识分子瑟瑟发抖相比，真是个军人相。

他是黄埔军校炮科生，在何应钦手下当过上校督察官。驻扎上海期间结识一位在同济大学读书的名媛，老先生凭着一身俊逸雄放之气，轻松拿下，和名媛相亲相爱了一辈子！真是个好军人。

母亲不仅给我们全家带来快乐，也和这对苦难夫妇结下了友好关系。那位名媛常被我母亲的笑话惹得笑岔气，她对我说，你妈妈是个幽默大师。

就连这样苦中作乐的日子也是奢侈的。很快，"革命小将"到家里宣布我母亲的罪状，并且要求三天滚出父亲单位。父亲已经被关，名媛和李大爷帮助母亲整理行李，一直送到大门口。这次他们没有笑，只是互相叮嘱好好活着。

母亲在吉首渡船口一带找到房子租赁下来。如果没记错，前后一共典租了三位房东的屋子。一位姓黄，一位姓邓，还有一位记不清姓名了。非常感谢邓黄两家人。他们就是一平民，没有意识形态作祟，因此没有一丝歧视。母亲在这里倒进了安全港湾，得以暂时喘息。

我那时就两边跑，给父母传递信息。记忆中，母亲只问父亲缺什么要什么，从未听到她抱怨父亲给她带来灾难。每次我把父亲给母亲的钱交给她时，母亲都用小手巾认认真真包起来，然后塞进连襟衣服的口袋里。那份真诚，多年后想起，母亲不是在包裹钱，而是在包裹一份情感。

母亲住的房子楼板缝隙很大，可以从缝隙中看到下面河边洗衣钓鱼的场景。冬天是难熬的，寒风从缝隙中挤进来，毫不留情地摧残母亲。有次母亲病了，看到她弱小的身躯蜷缩在被窝里，风卷起的纸屑在屋子中间飘荡，不禁悲从中来，鼻子发酸。心中第一次产生一种椎心的痛：我怎么就不能保护母亲！

我把药交给母亲，侧过头去，不能让她看到眼泪。母亲打小就教我男人不能哭。

在这个疾风暴雨，需要"伟人"且产生"伟人"的时代，我们一介草民懂得"不哭"的价值。这是母亲给我撰写的"教科书"中最重要的规矩。

（2015.5.10）

时光带走你的童年, 换你一身长发

　　孩子, 今天是儿童节, 清晨醒来, 怎么还是你童年幻影布满眼帘? 清醒一下头脑, 你已不是那蹒跚学步的小孩, 岁月如梭, 时光带走你的童年, 换你一身长发, 还带着我的外孙, 这个憨宝!

　　假如时间是凝固的, 孩子, 我依然会骑着摩托车, 让你抱着我, 我带着你, 在湘西满大山奔驰。让白云在脚下延展, 让喜鹊在头上欢叫。

　　假如时间是凝固的, 孩子, 我一定在这初夏季节, 拉着你的手, 行走在山冈和峡谷, 为你采摘不知名的花草, 做成花环, 戴在你头上, 看你幸福的笑脸。

　　假如时间是凝固的, 孩子, 你还记得故乡的大雪吗? 我一定带你爬上东门坡, 在可以俯瞰吉首全城的山顶给你垒雪人!

　　可是不能, 时间是流动的, 你长大了, 我老了, 你长发飘飘, 我银发逍遥。生命是场接力赛, 你接过我手中的接力棒还要继续向前跑。

　　共生的时间不能永远, 可生命重叠出的那一页页细节是永恒的, 那是我们的, 是我们一大家子的。

　　在我的眼里, 今天依然是你的节日, 依然默念: 孩子, 祝你快乐!

（2015.6.1）

⊙ 左起张淑萍、女儿张彰、张建永

⊙ 张淑萍、张彰和外孙刘方祎

戏里戏外城中人

——乾州古城百姓百态小记

　　一个极为偶然的机会，带同学、否定主义哲学家吴炫漫步乾州古城，同游者有好友王跃副市长。

　　在一座横跨万溶江的老桥拱顶下面，传来戏班子的锣鼓声。这真是久违的声音！怕有一二十年绝迹于耳了。锣鼓点和哀婉唱腔，在古城寂静的夜空显得格外温馨。

　　循声前往，拱桥下面，简陋的平地上黑压压坐满百十位观赏者。仔细一看，基本上是白发苍苍的老人，还有一些孙子辈的孩儿在旁边嬉闹。大娘大妈大姐，老头老汉老家伙，专注之情，令人肃然。他们跟随剧情变化，或仰天大笑，或俯首垂泪，或指指点点，或耳鬓厮磨。台上台下融为一体，真个是情感互通，爱恨同鸣。

　　特别令人奇了怪的是，戏班子可能是由张家界人组成的，一口浓重的大庸腔十分难懂，那种把舌头卷起花了的古怪腔调，乾州古城这批垂暮之年的老人居然都能听懂，否则怎会一把鼻涕一把泪？

　　这个世界轰隆隆往前奔驰，被时代列车落下的老人，被挤压到这座桥下，从老戏中找回当年的自己，他们都全神贯注把自己植入戏中情景，成为其中一员。那种爱恨情仇，东短西长，那种打情骂俏，谐虐幽默，就是活生生的民间世俗生活。这些直接发自泥土的唱腔虽不够优雅，但都直指真情，源自生命。

　　台上演员绝对称职。他们虽然唱得荒腔走板，但是该哭时哭得心颤，

⊙ 吉首乾州石桥下的地方戏（张建永/摄）

⊙ 石桥下的观众（张建永/摄）

该笑时笑得灿烂。水袖一样缠绵挥舞，扮相一样粉黛耀眼，云步一样凌波柔曼，锣鼓一样热闹喧天。看得出，他们从台下观众的表情获得力量，十分卖力地使出看家本领。

台上台下都是社会边缘人，多是引车卖浆者，卑微到唱戏的租不起剧院，看戏的买不起戏票，但是，他们自有自己的生存之道，在你们遗忘的角落，唱你们遗忘的故事，抒你们遗忘的真情。这份不可蔑视的真情感动了老夫，驻足为这帮"草芥之民"喝彩鼓掌。

如果你尊重这份并不低于高雅殿堂里的真情，请屈尊到古城乾州桥脏兮兮的穹顶之下，拍肿你的巴掌，为"卑微者"喝彩！

（2015.6.2）

温一壶老酒暖心

——乾州老城胡家堂小记

乾州古城胡家堂，是上天给我温的一壶老酒，甘冽醇厚，绵软悠长。每次穿过古城大门往右一个小拐，便能嗅到一股历史醇香。小桥流水，荷塘人家，睡莲惺忪，垂柳婀娜，时间把一切传奇沉淀在湖底，光阴将所有故事化作斑驳老墙。就是那塘边石缝中伸出来的小草，都是宋词余韵，元曲小令，随风沁入心脾，送你温情万里。

胡家堂，平淡无奇，一两亩方塘，四五户人家，百十块青石板，千万秆绿叶荷花，它避闹市，远凡尘，蜷缩在古城一隅，舒缓地诠释一种禅意。

人生疾步快行奔忙了大半辈子，总该有个歇处，胡家堂就是上天温的一壶老酒，让我微醺。最惬意的时刻莫过于在荷塘坎边，选一石凳，呆坐夕阳余晖中，那是心与长天共舞、情与千荷旖旎的曼妙时光。看新荷才露尖尖角，蛛丝儿在粉墙边结网，听蛙声聒噪燕语呢喃，倏忽间又见枯荷万秆，残雪留痕，孤鸿掠空。人生易老，江山如故，都把激情赋予东风，换雪暗雨静，声寂音逝，把余生禅定在石涛枯笔山水画之中。

人生总会走进几幅画中，少年时代是王希孟的《千里江山图》，理想丰满，气象万千，少年任性，不可一世；中年是张择端的《清明上河图》，世俗红尘，功名利禄，进退维谷，艰难晋阶；老了则是石涛的《竹石图》，枯树寒鸦，禅风佛骨，超凡脱俗，置之度外。

胡家堂，你这壶老酒，容老夫轻啜慢呷，一任荷风起舞，禅定如石。

（2015.6.19）

与夕阳余晖的一次偶遇

　　从德夯下高速，在矮寨大桥旁边那条修建于二十世纪三十年代的湘川公路上行驶。天空云层极厚，最稀薄处依稀能见出苍穹宝石般的纯蓝。公路如长蛇，蜿蜒盘桓在山巅。傍晚时分，天气阴沉，只有车轮碾压公路的沙沙声，突然，斜刺里，一道耀眼的温柔光芒，令人猝不及防，穿破云层，把夕阳最后一道余晖映照在远山危崖上，矮寨大桥气势恢宏的桥梁，和山峦顿时披上了一层温暖的色彩，把整个大峡谷从阴沉混沌中拯救出来，天地之间，氤氲着不可言说的温柔和强旺的激情。

　　站在高山之巅，偶遇这光，是我的福分。它的万种柔情穿过我的眸子直抵心垣，点化内心，涌动的柔和顷刻就能融化一切。一定是前世种下的缘分吧，否则飞逝如白驹过隙的余晖，怎会用灿然如佛光的温柔和激情，专此等候我随性莽撞的匆匆到来？周天混沌，日月轮转，如此激荡辉煌的落日余晖，就像贝多芬《d小调第九交响曲》中万众高歌的《欢乐颂》，辉煌的旋律，随着灿然的余晖，撼我心旌。

　　我早把六十多年生命抵押给浩渺宇宙，却从未见过如此壮丽辉煌且温情柔和的光影，天不欺我，这一刹那，心中那盏灯被眼前辉映的光芒瞬间点亮，一时通体透亮，真个是"莫道前路无知己"，独行天涯自得之。

（2015.7.15）

⊙ 矮寨大桥夕阳余晖（张建永/摄）

"穷"得只剩学生了

　　这个夏天，但凡毕业十年以上的学生，都纷纷倦鸟归巢，或怀旧，或结账，或念师，或思友，湿润了心，酸溜了鼻，把时间这本历史典藏往回翻阅，在老故事中检索意义和价值。

　　中文九一级一、二两个班，是我从上海读书回来所教的第三届学生。这两个班，锐气如豹，朝气如虹，矮子陈卫平、瘦子杜修林、快嘴安利、画家粟元生、辣婆邹志军、温情书生邓宗经、典雅女王董燕……一个个都鲜活地活在老夫脑海里。他们曾经打败高年级学霸，跟着老夫南征北战，参加全省大学生辩论赛，风卷残云"收拾"过几所兄弟高校。

　　那时老夫一介书生，不知天高地厚，既不是系领导，也不是辅导员，不过就一教书匠，却坚定不移把自己"混同为普通学生"，侃山、吹牛，把文学、哲学、历史等知识一锅煮成心灵的"满汉全席"，一股脑端给求知若渴的青年才俊们。标新立异、辩难驳答成为一时风气。有次，竟然和八九级学生一起策划了一次"惊天大案"——在一个离学校几十里路的湖区，举办了通宵篝火晚会，惹得其他几个系的学生蜂拥跟随，数百学生一起在星空下，燃篝火，写长诗，唱老歌，玩游戏，跳热舞，演小品，喝烧酒，数百学生仿佛关在猪圈太久的猪一下子涌到宽敞的玉米地里，大快朵颐精神食品。过后一想真后怕。万一有个学生掉进湖里出事了，擅自做主带学生外出的罪责那是万死难辞的。

　　如今老师老了，在欢迎宴上，你们竟然安排了一个温馨而"残忍"的环节，分明是想用"煽情阴谋"考验老师们的定力。主持人走到每个老师面前，请老师站起来，然后要同学们叫出老师的名字。你们第一个挑出的竟然是我！我还没来得及站起来，"张建永老师"的呼喊，如雷声滚过长空。孩子们，二十年后的你们这一喊，怎么就潮湿了我的双眼……

掐指把周身一算，与权势人物、商界精英相比，老师不过就是一介书生，穷得只剩学生了！与其他身外之物衡量权重，你们是老夫最大的精神财富！

（2015.7.26）

为大姐喝彩

——放一个马后炮

这几天，大姐连续给我电话，可每次我不是在开车就是在讲话，本想晚上回个电话问问有什么事，但是正如网上有句话"最受冷落的是最亲的人"一样，早把回电话之事抛到太平洋去了。

出差回家，打开微信，朋友圈几乎全都是"半亩方塘"举办的吉首首次旗袍秀的新闻。随手往下翻阅，眼睛一亮，最佳人气奖获得者，全场年纪最大的七十三岁的那位不就是我大姐吗！联想到前几天大姐总是电话联系我，一下子全明白了。一定是大姐希望我去捧捧场，给她拍拍照，她可能担心年纪太大被骚劲十足的青年男女冷落，而寻求她唯一的弟弟鼎力相助。这个粗心的弟弟，竟然忽略了姐姐的求助。该揍！好在，大姐，你得了最佳人气奖，可见，芸芸众生还是公平的。

我的大姐是我从小就敬畏的偶像。她以她的卓越，对我形成了长期的"打击"。

第一打击我的是，她的成绩永远居同年级之首，而且是数理化文史哲全了，一个没落下。特别是数学，这是我和二姐的弱项，却是大姐用一半脑子就轻松拥有的强项，弄得我和脾气倔强的二姐不服还真不行。

第二打击我的是，她还是吉首第一批体操运动员。小时候看她在高低杠上自如翻滚的姿势，让人妒忌啊。可我爬都爬不上去。只是遗憾的是在一次训练中，大姐摔成了脑震荡，从此远离了她心爱的体操。

第三打击我的是，大姐继承了父亲的全部典雅，这是我和二姐没有的。特别让人震惊的是，在我们和邻家发生争吵时，只要大姐在，她从不争吵，只是轻言细语发问，而且逻辑强大到对手总因被绕进去而尴尬不已。她小小的年龄怎么就那么会发问，而且是轻言细语的发问，每次她的说理总让别人理屈词穷。弄得我们常怀疑父母偏心，把智慧都给了大姐。

第四当然就说到形象了。不过这属于遗传基因，说多了没用。大姐是我们三姐弟中最符合古典审美的一位。我和二姐都黑得如炭烧咖啡，只有大姐，继承了父亲的书生型白皮肤，一如江南女子。

但是，大姐一生非常不幸。以她的成绩上中国最好的大学不成问题。可是正当她要考大学时，国家开始按照"血统"来确认生存权，以"血统"定人一生一世的发展机会。这一愚昧观念使得大姐从此与大学无缘，一直在吉首乡下当乡村教师，默默地把青春印在泥土中。

由于家庭出身不好，大姐只能当乡村代课教师，而且总被派到最偏远的村小。我小学失学，父母被关押期间，常常跑几十里路，躲到大姐那里，与她相守在孤苦伶仃建在村子远处的一座破烂不堪的学校。大姐住的房子四处通风，寒风吹来，满屋尘埃翻滚。

由于出身不好，婚姻也坎坎坷坷……

算了，说苦难干吗！大姐，一切都好了，你儿孙满堂，你光彩照人，你心情开朗，你幸福满满。

唯一应该检讨的是你的弟弟，对你总是关心不够，每次电话，当你要诉说往事，或者告诉我哪种菜谱适合我的病情，哪种锻炼适合我的身体，我哼哼哈哈全是应付！

生命是有长短限度的，按一百岁计算，大姐，我一定会为你的精彩再吆喝几十年。

说定了大姐，按一百岁计数，上不封顶！

（2015.8.2）

初识上甘棠村

——一张残损的明清拓片

今日回程，学生建议看完上甘棠村再走。估摸下时间，虽然路途遥遥，但今晚能到家，就爽快应答下来。

从江永县城到上甘棠村，也就半小时路程，可是一到村头小溪边，就为百十幢红墙黑瓦老建筑震撼。站在始建于宋靖康元年的千年老桥上，举目四望，目光触及处，非明即清。足下这座老桥已经坍塌一半，正在泣诉历史的风雨如磐。

上甘棠村是以隋代就设建制的苍梧郡的谢沐县城打底，在中国算得上"奢华"到无村能企及。可是岁月无情，"千古江山，英雄无觅孙仲谋处。舞榭歌台，风流总被雨打风吹去"。如今，整个村庄残破坏损，不同时代砌起来的红砖墙体，深浅凹凸不一，斑驳陆离，玄机深藏。谢沐县衙早已荒草萋萋，寒鸦喳喳，只剩一二老叟在县衙屋场稼穑刨食。

⊙ 永州上甘棠古村（张建永/摄）

站在县衙旧址上，可俯瞰整个上甘棠村。那些被岁月无情洗刷剥蚀、深度摧残的古老建筑，裸露沧桑，纵横交错的肌理，像垂暮之年老妪那张老脸，一下子把你推到冰凉的历史里。铁马冰河，流血漂橹，刁斗狼烟，旌旗漫卷。随着风起云飞，斗转星移，上甘棠村，分明就是一张摊在眼前残损破旧的历史拓片。

我用目光在拓片上仔细梭巡辨认，力图找到朝代更替的痕迹，感受家族兴旺、败落的欢笑和呻吟。

那些风流人物和精彩情节都成土成尘，山还是那山，水还是那水，亘古未变的是上甘棠村夜空中那些星座。历史在进化和退化中交错前行，人世在美好和卑劣中浸淫浆染……

残损的历史拓片谁也无法修复，温一壶老酒，弹一曲《高山流水》，任尔东西南北风罢了。

（2015.11.27）

创新的谭维维

十分偶然在网络上看到了谭维维，听到她和一帮风烛残年却快乐无比的老家伙的轰鸣声，把本老汉震得目瞪口呆。古老的中原音韵，欢乐的肺腑呐喊，铿锵的力量撞击，加上一帮荷尔蒙旺盛的老汉，配合身材姣好，眉清目秀却阳刚充盈的女汉子，一顿"乱喊狂叫"，把个黄河船夫、绥德汉子、陕甘大汉以及中华民族发乎情，形于腔，动于体的癫狂的生命原态，表达得淋漓尽致！

谭维维值得老汉嘉许的不是别的，像她这样的美丽，中国多了去了；她这样的声线有余有剩，她能脱囊出颖，全在她的创意！

她把最具穿透力的秦腔和同样具有穿透力的摇滚混搭起来，她懂得那帮精力过剩的陇上老汉撕心裂肺所具有的文化力，她把创意焦点聚焦在把不搭调的、不搭界的、不合拍的、不同类的东西糅合起来，她展示的是生命力，是中原文化粗糙的农耕文明，是阳刚雄强到"肆无忌惮"的灵魂宣泄。

创意，能于无声处听惊雷，能无中生有创奇迹，创意是一个民族不竭的生命力，它崇尚的是思想自由和精神解放。在当下艺术领域，有太多难以挑出技术性毛病的作品，可是，它们可能就是华丽衣裳遮蔽的毫无生命力的赝品。

老夫厌倦憎恶一切没有生命力垫底，没有创意引领的作品。

谭维维小朋友，往前走吧，保持你的姿态，那就够美了。

（2015.12.6）

女儿长大我敢不老吗？

今年，女儿女婿带上一岁半的外孙来湘西看我们。外孙长得懵懂可爱。女儿也不再是以前那个女孩。几天下来，往事和当下情景交错叠加，恍惚中有种错觉，一会儿是女儿小时候，一会儿是外孙在当下，好像都是在一个时空中。常常是外孙稚气的叫声让我明白，当下的我已经不再是以前带着女儿漫山遍野追逐春天的年轻的我了。多年以后，放飞出去的孩子回家了，就像一只小豹子长大离开父母，几年后再回来，身边跟着一只小豹子一样，女儿回家了，女儿长大了，女儿做母亲了，女儿带回来一只小豹子了！

骤然之间，我明白我老了！

平日里那些不经意之间流露出来的老态并非无凭无据，那些从骨头间肌肉中散发出来的疲惫都是有原因的，脑子里的遗忘不再是偶然事件，女儿都做妈妈了，我敢不老吗？

人啊，怎么不能让肌体和思想同步老化呢？让肌肉松弛，牙齿零落，却让思想活跃，那简直就是遭罪啊。

好在，还能做点事，一做事就处在兴奋中，充实感就上来了。

看来，老夫就是一台做事的机器，一头惯于拉犁的老牛，生命快意就在田间地头，就在蓝天白云下。

老吧，总有一壶茶为我温着，一炷香为岁月燃着，一条路为灵魂延伸着……

（2016.2.10）

清明时节忆大师

沈从文先生是晚生敬仰的文学大师，以他为话题十分乐意。这位"乡下人"曾在中国文坛掀起大波大浪，然后又归于平静，平静之后又再掀大浪。他是两岸几乎同时封杀又几乎同时开禁的文人。当各路文坛领袖崛起又没落之时，从文先生的作品却越来越香，仍然位列畅销书榜，被大众深度认可，这就是伟大作家的伟大成就。

⊙ 沈从文（吉首大学沈从文纪念馆藏）

现将对话回忆如下，将来播出一定会有很多剪辑。

记者：您能谈谈沈从文墓地碑文的特殊意义吗？

本人：沈从文墓地非常独特，没有高大陵墓、陵园，只是侧居在沱江边听涛山下，连坟茔也没有，只有一块陨石为碑。碑上正反两面都刻有文字。正面是从文《抽象的抒情》中的一句话，背面是他的姨妹张充和撰写的文字。这种墓地很像托尔斯泰的墓地，找不到坟茔，但"托体同山阿"，与自然山川融为一体。证明伟大不在华堂，而在灵魂。

记者：您能具体解释一下它们的意义吗？

本人：从文先生那句话是："照我思索，能理解我，照我思索，可认识

⊙ 沈从文

⊙ 沈从文先生与夫人张兆和女士在湘西吉首
老渡船口（吉首大学沈从文纪念馆藏）

人"。这两句话看似简单，但很深刻。很多人不理解这句话，看不懂。要读懂这两句话，需要对沈从文全部作品做深入阅读。我个人理解，这个"我"，不是沈从文，而是每个人心中的"自己"。他强调的是每个人都要尊重自己的内心，都要从自己深刻感受过的生活出发，而不要被别人牵着鼻子走。他常说心中要有一杆秤，万事都要自己拿来称一称，绝不盲从。他一辈子都是这样，绝不跟风，只尊重自己内心的认识。

记者：他姨妹题写的那几句话又表达了什么意思？

本人：他姨妹题写的是："不折不从，星斗其文；亦慈亦让，赤子之人"。这是对从文先生高度的概括。沈从文二十几岁远赴北京，就为了寻求真理，读书，改造中国，这颗初心从未改变。饥寒交迫也罢，政治打压也罢，他一直坚守新文化运动精神，追求"德先生"和"赛先生"，视权贵、金钱为粪土。当他无法写作时，他也决不苟且，而是改变写作方向，干脆改行做起了文物考古工作。这就是"不折不从"。"亦慈亦让"说的是沈从文性格中的表征。他为人低调、平和、谦虚、忍让，不愿与人争与人斗，一般情况都忍气吞声，把怄气斗嘴的时间拿来创作和研究。在极其困难的情况下，他创作了一千多万文字的作品和研究文章，成为多产作家。

张充和这四句话是"藏尾诗"。每一句最后一字连起来，便是"从文让人"，传达出从文先生海纳百川的博大胸怀。

记者：从文先生总是说他自己是"乡下人"，您怎么认为的？

本人：很多人对沈从文这样称呼自己不理解，有些批评家认为这是从文先生自卑心态的表露。我的看法正好相反。自称"乡下人"，表明从文先生有种对着干的自傲。他把乡村自然景观和人文故事描述得如此美丽，不仅美丽，还思考人类该如何在现代化进程中，将其整合进时代精神之中。不自傲何以能这样做？

记者：您能谈谈沈从文的文学贡献吗？

本人：关于沈从文的贡献，现在还远远没有探索到底。我个人认为，随着时代前进，他的价值将会得到更多肯定。何以这样说呢？因为沈从文从一开始就是想"建一座人性的希腊小庙"。就是说，他始终关注的是人性，是人的命运在社会变迁中的变化。不仅如此，他是从未来的高度来看待人性，只要人类往前走，他的价值就一定会不断得到认可。正像海明威，关于战争他写有《丧钟为谁而鸣》和《永别了，武器》，在前一部他还在为他认为的"正义战争"而讴歌，到了后一部，他则从人类未来高度出发，认为只有不战争才是最大的正义。因为人类的复杂性，很多战争已经难以分出谁是谁非了。比如中东，打了千年，现在任何一次战争都是前一次战争的延续，正义究竟在何方很难定论。所以从人类未来高度看，只有不战争才是正义的。沈从文关于人性，关于国民性重造，关于现代性的中国问题意识，等等，都具有相当思想高度。很多思考，就是放在现在看，都具有相当的前瞻性。

记者：沈从文的著名作品《边城》具有很大影响力，您是怎么看的？

本人：毫无疑问，《边城》是一部伟大作品。但是，我认为，沈从文的伟大作品不止这部。他最重要的作品，最能体现思想深度和对人类终极关怀的作品，是他后来在二十世纪四十年代末创作的作品。比如《烛虚》《七色魇》等。这些作品才真正具有世界大家的范式。可惜对这方面的研究还远远不够。

（2016.3.25）

清明遐想

——希望世间有两种速度

世界是物理的，一切都有其不以人的意志为转移的规律，比方水往低处流，又比方一天二十四小时……

不以人的意志为转移的还有化学世界，比方水是由氢、氧两种元素组成，生命是由蛋白质组成……

自然，世界还是心理学的，在这里，所谓科学定律，所谓在经典物理学基础上建构起来的世界观，遇到了麻烦。现代物理学中的量子物理学告诉我们，世界还有非线性发展变化的内容。于是，那些在科学主义基础上建立起来的世界观遭到修正，于是人类对非线性的模糊的世界现象有了更大期待。

于是，老夫真的希望世间有两种速度。

一种速度是加速度，让时间跑得更快。比如看到我的外孙，就希望他快快长大，如果是个大小伙子，就可以和姥爷跋山涉水，到喜马拉雅山去，到阿尔卑斯山去，到密西西比河去，到黄河去。登山，你用大手拉着姥爷；漂流，你给姥爷扛皮划艇；滑翔，你给姥爷掌握方向……陪姥爷看看世界。可惜你太小了，妈妈带你只差放在口袋里。时间啊，来点超越物理学的束缚，来点非线性逻辑超越式往前推进。就像摄影中的延时摄影，放出来就是快节奏。那才叫过瘾啊。

一种速度是慢速度。如果时间允许，真希望长辈的生命节奏放慢一点，希望我的父亲母亲能慢慢地走回来，不仅走进我的梦中，还要走出我的梦来到现实世界，与我们五世同堂，一起享受空气、阳光和雨露。

想起余光中的《乡愁》，那是对同一生命不同时空的追问，痛彻心扉。

人，一代代来到这个世界，为了相见、相亲、相依、相爱，却因客观规律，也多了相离、相思、相恋和相忘……

走了的，被时间风雨雕刻成故事；走来的，正活蹦乱跳，生鲜可爱。生命就如同一条巨大的传送带，每个时间点出生的人都被固定在一个点上，由生命传送带一秒一秒往前送。后来者可以看到前人，但是，前者却永远看不到后来者。

（2016.4.6）

成长不舍昼夜

时光就像泥鳅，掐都掐不住，一个劲儿往前滑去。外孙从出生到现在，就一袋烟工夫，快两岁了！

还记得那年为了迎接外孙出生，我们不顾一把老骨头，拼命往北京赶。就这样，赶着赶着，把皮肤赶起了褶皱，头发赶成了灰白。

这个外孙，不管不顾，世界老不老与他何干，他的生命就是用来证明老的必将成为过去，新的必将茁壮成长。

在和外孙的交往中，感觉到亲情不仅是血缘，不仅是与生俱来的，更重要的是在后天增益的。他的牙牙学语，他冲着你伸出希望拥抱的双手，他把头扎在你怀里的娇嗔，他向你奔跑的踉跄，甚至他的哭闹……都给"亲情"这个概念注入鲜活的真实性，特别是注入了"这一个家族"的独特性。

生物学意义上的成长是骨骼拉长，肌肉有力，脑髓增加，神经系统完善……而社会学意义上的成长，则是人伦关系确立，社会责任担当，审美系统植入，社会价值建构，心理意志养成，情感情怀培植……孩子双脚一踏上大地，所有神经系统都张开了，像新芽吸收阳光雨露一样，拼命吮吸一切，这个时候，是亲情建立的最好时光。

好像《动物世界》讲的，有种动物只把出生时第一眼见到的动物认作自己的"父母"。人也差不多，虽然不会乱认人，但是，在幼儿阶段建立的关系将会是最稳固的关系。遗憾的是我们和外孙隔得天阔地远，这种亲情也许永远只是遥远地方的一个故事，我们在外孙的脑海里也将是概念中那飘浮的白云。

⊙ 女儿和外孙

不过，这又有什么关系？你像笋子那样在节节长高就是姥爷的快乐。

姥爷将来留给你的就是这些文字，它们会陪伴你一生，会告诉你成长的每一个节点上，姥爷姥姥的喜乐。

孩子，路在你脚下，最终你得自己走；风在你耳边，最终你得自己辨识何处来何处去；色彩为你变幻闪耀，最终你得懂得你生命中何时需要何种色彩……

方块字是你的文字，由此建立的所有历史文化是你的精神骨髓。近处看，山东湖南是你文化血脉的源头；高处看，世界文化大融合是你的精神广场。一切丰富性都是你成长的营养，你在该宏阔的时候宏阔，该细腻的时候细腻，该野性的时候野性，该典雅的时候典雅。记住，摔倒了不要老去抱怨绊倒你的石头，爬起来往前走就是了；伤心了不要放任哀怨膨胀，努力去赶下一趟阳光。

都说人哈（傻）快乐多。我看你这个憨宝大概也是个快乐多于忧郁的人。

孩子，到了站着撒尿的时候绝不蹲着，到了发奋读书的时候绝不闲着，到了球场奔跑的时候绝不躺着，到了追求女孩子的时候绝不羞着，到了承担责任的时候绝不躲着，到了开怀大笑的时候绝不藏着，到了给老人家端屎端尿的时间绝不嫌着，到了想念姥爷姥姥的时候绝不哭着，要笑，要快乐！

（2016.4.14）

写给父亲的信

父亲:

你在天国还好吗? 我们怀念您!

自打您离开我们后, 每次照镜子, 不经意之间, 发觉自己长得越来越像您! 这本不稀奇, 哪有儿子不像父亲的。只是这模样、语态、动作甚至些微细小神态, 都那么活脱脱地像! 真是父子连心, 基因强大啊。

您走了八年, 我也退休了两年。光阴荏苒, 岁月如梭, 现在头发白了, 牙齿也松了。好在心还不老, 正满大山奔跑, 看了数百个村子, 与百姓泥土打交道, 真正成了一个山里樵夫。

这一辈子, 儿子遵循您的教诲, 谨按张家家训, 行之有矩, 取之有道, 言之有理, 思之有循。不妄不狷, 不邪不贪, 埋首自己的热爱, 保持独立个性, 做好一个"真人"。

您最挂念的孙女张彰已毕业。手捧世界最古老的六所大学之一的格拉斯哥大学亚当·斯密商学院的学位, 回国在北京一家央企工作。孙婿在国家部委上班, 您的重孙方祎也活蹦乱跳来到这个世界快两年了。只是男孩说话迟, 到现在还只会蹦单词, 咿咿呀呀还不着急。这家伙长得憨萌可爱, 几乎不哭, 爱笑, 大气, 完全是咱们张家的个性。这孩子长大了, 也许会因为不精于计算而吃亏, 但也可能会因为大方随和而拥有好人缘。他们一家尚好, 万勿挂念。

你媳妇已从音舞学院院长位置上退下来了, 还在教书, 是学校为数不多的二级教授。院士都才一级, 这个已经到天花板了, 知足了。

父亲, 每当一天忙完, 夜深人静之时, 常常会让我想起我们一家在一起的日子。那些酸甜苦辣的岁月，像发黄的旧照在眼前晃动。有时候从森林里传来的杜鹃啼鸣，竟然会让我翻身起床，仿佛您坐在我的床前，父子还在故乡的破屋里商量明天去哪里借粮食。

父亲，我清楚地记得，我是看着您"老"的。这个话题是一个儿子的伤心话题。因为在天下所有儿子心中，父亲是不会老的。可是，生命进程非常残酷，您渐行渐远的身影，在儿子心中，留下过隐隐的痛。

我记得，"文革"前，您身体非常棒，喜欢打篮球，是中锋。由于您是高度近视，上场前总是用一根黑带子绑住眼镜架的两只脚，把眼镜牢牢捆在头上，然后冲锋陷阵。做儿子的，为您的每个动作欢呼雀跃。您喜欢打排球，儿子也喜欢看排球。特别是扣球，您扣出的每个球在儿子看来，都是那样的精彩。那些球飞出的弧线，都像彩虹一样给我快感。

而后"文革"来临，您成了"走资派"，被关押进牛棚，一下子老了很多。遣送回乡后，您的头发开始出现银丝。平反回城时，您的头发全部白了，并且逐渐稀疏起来。直到这个时候，父亲不老的神话在心中开始破灭了，我才意识到，父亲也是会老的，而且会走得很远很远。

回到城里您就打不动球了。我给您买了当时最大的电视机，陪您看球。您喜欢看乒乓球、足球。您的记忆力特别好。无论欧洲杯还是意甲英超，只要看一遍，那些球员的名字您都记得。在足球季，您像小青年一样，为精彩的进球欢呼雀跃，为裁判的误判错判鸣冤叫屈。

你是在看乒乓球赛事时，让我感觉到您生命衰老的痕迹。记得有一天，您告诉我说您看不清这些运动员球拍子打出的球路，只见两个运动员挥舞球拍，乒乓球怎么走却看不见了。于是，为了让您看得更清楚，我更换了一台大电视。后来又换了好几次，电视一次比一次大，终于，您再也不看球了。您闭着眼睛，头靠在沙发靠背上，听解说员讲球。您像一尊塑像一样，一丝不动地听解说。我知道，所谓老之将至，在您已经是"老之已至"了。

父亲，您是我心中的神话。你的记忆力让所有认识您的人惊讶。民国时代毕业的学生只要报出姓名您就记得是哪个班级，相反，报出班级，你差不多就记得出姓名。您大学学的不是英语，丢了几十年，"文革"后您捡起来就立马出版了一本翻译著作。你看外文不用字典词典。有次晚上，您刚刚翻译完一页《行为心理学》，您自己都被自己的记忆力吓着了，您把我叫到您的房间，说给我用英文原文背一遍。听得我目瞪口呆。

在您得了脑溢血抢救过来的八年中，您不仅每天锻炼身体，还每天锻炼记忆。您背了近千首唐诗宋词。每次我的朋友同事到家里来，您都要和他们比记忆力，搞得他们登门之前都要问问您休息了吗。有位朋友十年前借过您一本书，十年后来家看我，一进门您就问他那书看完了吗，搞得人家尴尬半天。

父亲，这辈子我们在大时代旋风下走得太过匆忙，一辈子都在应付突如其来的各种运动和冲击。我还没有真正陪您好好旅游过，没有真正坐下来，泡一壶酽茶，慢条斯理话家常，没有在您最后的日子里，让您静静地靠在我的肩上，听我给您讲故事。父亲，我来世还做您的儿子。我知道，您一定在远远的地方走着，看着。尽管生命这条巨大的传送带上，您的影子越来越稀薄，可是您在我心中的分量却越来越重。

父亲，今天是父亲节。我一个人在书房给您写信。没有开灯，黑夜中能感觉到您在场。

周围万籁俱寂，愿天国中的您一切均好！

您的儿子顿首
二〇一六年六月十九日
（2016.6.19）

致八二级中文同学书

同学们好!

三十四年前,有幸认识你们。那时你们简直青葱如嫩芽,胳膊掐一下都能溅出水来。怎么一晃也都老胳膊老腿的?这岁月真是无情啊。仔细一想,三十四年了,那得多少个白昼、多少个星空、多少个分分合合离离怨怨啊!怎就一眨眼没了!

你们是老夫唯一当过班主任的班级,虽谈不上指引你们茁壮成长,但也互相识之知之,算是一故人。在后来的时光里有些人有交集有些真就没再见过!看你们的照片,虽然脂肪掩藏了你们的原貌,但是从骨相看,还是基本上可以判断出谁是谁。依稀可辨的相貌中泛滥出依稀可忆的往昔,像前段时间的绵绵雨水滚滚而来,奔涌于眼睑而流淌于脸颊。

本来老夫准备参加你们的聚会。可是由于心脏不太好,外孙又摔断锁骨,赶赴北京不能赴约,很遗憾。不过,老夫也知道,同学相见,老师在旁边也未必方便,师生情和同学情终究不是一个层面的东西,在一个平台混搭怕为难了同学们,平添左右兼顾的麻烦。

好了,看到大家都很开心,老夫也很高兴。人生无论居庙堂之高或是处江湖之远,无论家财万贯或是贫寒人家,健康、自由、开心,拥有独立人格和自得其乐,在我看来就是一种完满。猜想,你们都能达到这个境界。至于有些苦痛,谁没有呢。张家长李家短的那些个事儿都不是事儿。谁说的"人生的不完美才完美"就是这个理儿。就像咖啡不来点苦那叫咖啡吗?苦瓜没有苦吃得下去吗?人生丰富就是酸甜苦辣都来点才配啊。

掐指一算,你们才刚刚五十出头。男人第二春才刚拉开序幕,女人第二春才奏响序曲。这个时候，孩子大了，不用你们操心；钱包鼓了，需要东游西逛；内心丰富了，正好感受大千世界……把身体弄好点别像我，成了一堆破铜烂铁。没事把肝肠肚肺大肠小肠清理清理，洗肺的洗肺，洗肾的洗肾，肠子绿了的切去，脾脏大了的剁一点，爬爬山，蹬蹬腿，少打麻将多看微信，少喝烈酒多吃草（蔬菜），加强交往多思考。

好了孩子们，不对，老小孩儿们，大家多保重！能吃吃，能睡睡，能玩玩，能走走，能做做，别憋在家里憋出什么内分泌失调神经错乱啊，就像《康熙大帝》里唱的，健康地再活五百年！

2018年就是建校六十周年了，回来吧，到母校来，咱们再举杯感恩生命的恩赐，再聚首回眸遥远的萋萋芳草！

（2016.7.23）

致九六级中文同学书

同学们好！

算下来竟有二十年了。如果是树，早成了遮天蔽日的高大乔木了，如果是城垣，也已经青苔布满石缝，毕竟是人啊，更经不起岁月打磨，一下子，你们就或儿女忽成行，或两鬓也染霜，时光这玩意儿像闪电，看得见抓不住。

你们是我做系主任第一次干录取工作用一支笔勾进吉首大学来的，因此有份特殊感情。

二十世纪九十年代，是继八十年代以来最好的日子。现在回想起来，那时候的一切都显得有点"奢侈"。你们能够在九十年代就读大学，在宽松和谐的氛围中，浸润在氤氲浓厚的文化里，求知、立身、成人，真是一段美好岁月。我们能在这个时候相遇，是上天的恩惠和眷顾啊。

那个时候，做学问，相对比较真诚；考大学，相对比较公平……在当下红尘滚滚、理想主义衰微的情况下，你们能够回到母校，找寻当年足迹、友情，拣拾丢弃的理想，本身就值得嘉许。

这个假期，老夫心脏不太好，外孙也摔伤了锁骨，女儿也要做个小手术，七月份一直待在北京，不能前来和大家共享师生情谊，非常遗憾。

二十年，弹指一挥间！

无论你们干什么，收获是大还是小，在城里或是乡下，做干部还是平头百姓，在老师眼里，你们都是我们的"孩子们"！都说月有阴晴圆缺，人生有酸甜苦辣，即或旦夕祸福，升降沉浮，这都是最宝贵的经历，千金难换啊。掐指一算，你们不过三十多岁，人生才刚刚进入最有创造性的阶段。就像烈火淬炼的钢刀，才刚刚开刃；更像成熟的骏马，心中满是"诗和远方"！

大概都已经成双成对做父母了，大概都有疲于奔命忙于工作的经历了。如果初心已被风吹雨打去，真的，该盘一下底了。就个人经历来看，这个阶段正好是盘整清理和重新出发的最佳时机。

人生一世，草木一秋。老夫渐渐明白，健康、快乐、阳光也许是最重要的财富。老夫一辈子从教，"穷得只剩学生了"！同时也可以骄傲地说"幸福是因为拥有你们"！

2018年，你们的母校将庆祝她的六十周年诞辰，老夫希望你们挈妇将雏，呼朋唤友，再回母校来，一起为她祝福。

孩子们，祝你们永远年轻！

（2016.7.30）

致八九级中文同学书

孩子们，你们1993年毕业时，正好压在我四十岁的门槛儿上，那时，老师比你们现在还小！而现在，你们刚进入生命之火燃烧最旺盛的阶段，老师却已经开始凋萎，牙齿松动似风铃，皮肤皱皱，沟壑纵横，虽不至老眼昏花，但也看书似闻书，走步如蜗牛。嗨，这日子都去哪儿了？怎么一晃眼，你们的孩子春笋似的疯长都读大学了，老师的《外公日记》也写了快两年！什么沧海桑田，一脸的故事都写在明处！看杨名华和杨专发来你们聚会的照片，一个个都好样地活在人间！还有什么比这个更好？就"同学"两个字，什么都不用说了。

你们1989年入校，1993年毕业，来得正是时候啊。现在回眸一望，二十世纪八十年代末和九十年代初，正好是中国改革开放最美好的日子。自由的读书风气，宽松的人际关系，大多数人还真纯朴实……理想和情怀，还在灵魂深处发挥作用。能在这个时候读大学，现在看来，简直是人生最奢侈的精神享受。

老师和你们这个班级有着不一般的关系。你们不仅是我研究生毕业的第一届授课学生，还是我大病初愈，还未完全康复就重上战场接收的第一拨大学生。那时刚从上海回来，不到四十岁，真有点所谓"书生意气，挥斥方遒，指点江山，激扬文字……"的感觉，恨不得将所学全部倾倒给你们。文艺学、美学、哲学，甚至儒道佛之学，都在话题之中。现在回忆，最让我感慨万千的是你们整个班级的好学态度，而如今，这些已成记忆，不复出现，要有，也是极个别的学生。一切都成过眼烟云了。唯其如此，为了读好书，你们争抢图书馆和报告厅座位；为了探索未知世界，你们自办刊物《西湘风》，满大街找赞助单位，艰难地把刊物办得风生水起；为了担当道义，你们组织"红五月"活动，开展丰富多彩的学术报告会、辩论赛，这一切，都成为老师记忆模版中常常翻阅的部分。有时候看书累了，窗前闭目沉思，你们便会溜进我的思维屏幕上，着实让老夫甜蜜一会儿。

跟你们这个班的亲近是有缘由的。还记得你们住在那些有着淡淡尿臊味儿的寝室吗？老师下课常常来遛个弯儿。一进来，选一座儿开始天南地北侃大山，完了就离开。那时人们之间只侃大山不砍（吃）餐，说尽兴便回家了。

那时还有一些胆大的学生没事就往老师家跑，一来就聊天，一聊天就没完，到最后，师母就给你们端上几个菜，大家也没讲什么礼数，吃完了一抹嘴，就在门前草坪上继续没完的话题。

当然，最让人难以忘怀的是由我创意，《西湘风》文学社组织的篝火晚会。那天好像其他专业的同学也步行二十多里路跟风蹭快乐，一时小溪边人满为患，起码一二百人。那场景，至今想起来都温馨得让人微醺。可以吹牛地说，那场晚会颠覆了学校学生活动的历史，咱们师生开创了学校好几个前无古人、后无来者的活动。

第一个是全体参与者，在篝火烧起来之时，每人写一句诗，大家共同写了一首长诗。我写第一句，朱奇志写第二句，学生主持人董燕写第三句，一直写到东方既白方才写完。非常遗憾的是，这首几百句的长诗后来搬了几次家给弄丢了。

第二个是随机配对。参与者每个人都在发放的纸条上给自己虚拟男（女）朋友写一句情话，并签上自己的大名，然后男女将纸条各放一边，每个人随机抓一张对方的纸条，随机中两个互相抓到了留有自己名字的男女同学，要当众把手上纸条上的落款和文字大声读出来。这种偶然机缘和幽默的文字，弄得这个节目高潮迭起，惊声尖叫震荡了整个山谷。据说后来真的成就了好几对。

第三个就是无剧本无排练现场临时演出的小品。老夫至今还陶醉在自己这个创意里。可以毫不吹牛地说，这个创意在当时绝对国内领先。记得有《参军》《吹灯》《逛兵马俑》。在无剧本不排练临时演出的小品中，各位演员临时根据一个提示来进行表演。没想到，你们这些从未学过表演的老师和学生表现得非常自然。星空下，这个创意赢得了掌声无数。那一定是我们生命中最璀璨的一个夜晚。

不过，后来想想也后怕。组织这个活动的老师就只有我和朱奇志，宋政余和李荣光只是辅导员，没有一个领导在场，也没请示任何领导，用现在的话说，一旦出事，那真吃不了兜着走啊。

啰唆了很多，这些故事可能早已被大家遗忘。不过这也非常自然。你们走向社会，为了站稳脚跟，养家糊口，也为了更大的志向和目标，都在自己的生命轨迹中努力奋斗，大脑皮层中过去那些发黄的故事，自然都会被更为激烈的新故事覆盖淹没。就像美国小说《飘》的英文原文名GONE WITH THE WIND所能够表现出来的那种"无可奈何"的意蕴一样，过去了，都流逝了……

孩子们，生命能在某个时段有所重叠，都是缘啊。佛语之"因缘"，其意义深厚无底。无论我们怎样，反正认识过，交往过，这就行了。如果因我们二十年前的认识，因我在讲台上，你们在讲台下共同织就了那段温馨的时光而互为拥有，互为故事，那么相忘于江湖，便是更高层次的永恒。

孩子们，2018年是母校建校六十周年，我在老地方等你们，不见不散！

祝好！

张建永

2016年8月14日晨

吉首大学洗石斋

（2016.8.14）

教师节夜读幼安先生《贺新郎》

山林归寂，万籁无声。

老夫在书房认真地感冒，顺手一本宋词，来一个葛优瘫，把东坡、幼安等诸多词家胡乱读将过去。

多年前就养成一种习惯，每当众声喧哗之时，便常选一静处读诗、听音乐，在诗和音乐中徜徉，虽不是"正宗"文化人，玩一把假模假式也受益匪浅。或者，干脆东一榔头西一棒子，把家里烂东西敲敲打打，找寻匠人那种专注，心无旁骛地将心黏滞在一件器物的形成中。

教师节，空间里溢满祝福。从教一辈子，老夫最经得起挤水分的就是态度。这一辈子无论贫穷到买份肉都要心疼半天，还是在众生关注和赞誉的目光里行走，都未曾忘却认真对待学生。当一切都如浮云时，直抵心灵软肋的是孤独和寂寞。我愿用手永远捧住它们，任由它们从眉梢滑落到脚底，碎裂到无迹可寻。那心的微疼便可将视阈高蹈起来，心胸宏阔起来。

这次顺手一抓，还是宋词。其词可安心、安魂，可励志、抒情。豪放处，一激灵，便是"卷起千堆雪……"，便是"大江东去……"；婉约时，一惆怅，便是"微风更兼细雨……"，便是"执手相看泪眼……"。古人，真是英雄心娘们儿情一应扫荡干净，无一遗漏，搞得现代人无计可施，干脆跳出格律藩篱，玩朦胧、玩无韵，直到把长句干脆一手扳断，胡乱排成行了之。

现在到处是陈词滥调，满目是机械排列。词汇固然漂亮了，意象虽然生成了，可是，与心却如隔参商。

还是古人慰我心灵。

随手一翻，居然就是幼安先生的《贺新郎》，再次读罢，心潮起伏，现特录之，以飨圈内朋友：

甚矣吾衰矣，怅平生、交游零落，只今馀几！白发空垂三千丈，一笑人间万事。问何物、能令公喜？我见青山多妩媚，料青山见我应如是。情与貌，略相似。

一尊搔首东窗里。想渊明《停云》诗就，此时风味。江左沉酣求名者，岂识浊醪妙理。回首叫、云飞风起。不恨古人吾不见，恨古人不见吾狂耳。知我者，二三子。

近一年来，类似隐士，穿越在深山老林里，常常独对溪山。吞寂寞，饮寥落，目送飞鸿，手挥白云，快慰人生！愿念吾者如青山常青，吾念者如碧水长流……

（2016.9.9）

月是故地明

——中秋怀旧

生命是被长度和空间证明的。一晃四十三年了，那时老夫在吉首社塘坡公社林场当知青，就二十啷当岁。父亲获平反回吉首，随父从故乡麻阳乡下转至这里，已是四十三年前了。

这地儿四面环山，一碟湖泊镶嵌群山怀抱中，湖水碧绿，倒映蓝天，微风轻拂，涟漪碎波柔情万种，"欸乃一声山水绿"，在苦涩困厄的时代，这里成了我心灵寄放之地。

中秋到了赏月的时候，一群80后、90后小朋友邀约文峰塔赏月。承蒙不弃，心存感激。但是老江湖知道那些凡夫俗子一定趁这个时刻，把文峰塔围个水泄不通，喧哗嘈杂定不绝于耳。为不负秋月，不如选个静处，啜酒呷茶听音乐，任秋风裹挟，朗月沐身，岂不乐哉！

自然想到四十三年前栖身之处，二话不说，引一帮徒儿和老伴径奔社塘坡公社林场。

把酒斟好，茶泡好，月饼切好，鸡爪子、鸭脖子、腐竹、毛豆摊开，打开音响，一时梵音袅袅，清风徐来，朗笑随风而逝，空谷回音缥缈。

年轻人在聊着他们的事业。老夫一不留神回到了从前。怀旧是老人的毛病，越来越重，四十三年前那些兄弟排着队浮入眼帘。

李赞，你好吗？咱们不仅同寝室，还同床啊！三年里我们穷得共一床，只好抵足而眠，但情如兄弟。虽互闻脚臭，也是后来怀念中的一味。记得咱俩冒死排哑炮吗？那些龟儿子早躲得远远的，只有你跟在我的后面生死相依，给哑炮浇水，排除危险。要是当时炮响了，你我早就和阎王结账了。

嗨，咱俩的故事真多。你那身绿军装被我强行扒下，你没起火，干脆送给我了。你咋就这么好的脾气呢？现在想起来都有点惭愧。整个场里，只有你敢跟我比酒。到现在都不知道你究竟能喝多少，像一口深井打不到底。

我拉小提琴劝你学，你摇头。等我学了差不多一年了，你随意拉拉就把我给灭了，至今，我认可的"天才"，你排第一位。

（2016.9.15）

终将远去

——致女儿

　　动物世界幼雏离巢总是让心动恻隐，老鹰会叼着小鹰扔到山下去，不管不顾，任凭它们飞向远方；狮群也会把长大了的小狮子撵出去，赶得越远越好。每次看到这种场景，心就有点酸楚，慨叹动物的薄情，也为年老体衰之后那些老狮老猴老象等独自离群找寻最后归路的背影，怅惘忧伤不已。

　　记得小时候隔壁一位老师的两个孩子分别考到北方上大学，那种惯常在黄昏时分定时出现的欢腾打闹突然终止，于是寂寞中只见二老趔趄蹒跚的背影走进黄昏。这是一幅长久占据心中的画面，客观说，有点揪心。不过还能挥之而去。

　　而更远一处老师的家，则四世同堂，一大屋老老小小满满的十几口，冬天围坐火炕，老太太瘪着嘴抽着水烟带，一群孩子用枕头纸盒当武器互相投掷，当妈妈的高声骂着不听话的孩子……这几乎是每天的节目，只是内容根据季节发生变化。有时候投掷的是雪球，有时候则是泥块……一家人在一起哪怕有时候兄弟之间打得鼻青脸肿，家的温馨还是因打闹而愈久弥香。

　　人，逻辑地追求代际共同生存的空间，几代同堂成为中国人的社会学本质。

　　可是一切并非受本质控制，生命分苑，一个生命离开母本漂泊远方也是当代一种常态。

孩子，你十四岁就远离湘西到数百里外的省城念书，我们在生命成长的二律背反逻辑中，体验了难分难舍和盼你早日独立的苦乐对冲。养孩子，不就希望一家人紧紧地相拥在一起，无论风暴和朗月，只要在一起就是幸福。可是，孩子的生命逻辑一旦形成了自己的轨道，你是掰弯它还是给它自由发展的空间？这是道难题。我们的答案，肯定是给足你们发展空间。

于是你们真的由我们放飞出去了，有一阵飞到地球的另一半，飞到我们几乎不能同时享受阳光和月亮的地方。于是，"思念"这个词所包含的全部意义，从此成了我们慢慢琢磨啜饮不尽的人生主题。

如今你们回国了，尽管依然在遥远的北方，可是我们毕竟居住在同一块国土上了。这对我们来说是多大的幸福啊。只要有空，我和你妈妈就会搭乘飞机或火车，像所有在春运里奔走的异乡人，揣着怀念踏进北京。我们互相鼓励，一定在我们能够走动的时候，把人民币铺在铁轨或机翼上。

你们发过来的照片，特别是你们在节日长假从遥远的国外发来的照片，那都贵重得像"家书抵万金"。

这次你们真到了天边——冰岛，再往外走那就只能乘飞船登月了，远得不能再远了。真应验了那句话：儿行千里母担忧。冰岛已经超出了我们知识结构能够描述的地方，几乎无法想象那里的情形。我们只能在你们发来的照片中，搜寻你们的快乐，感受你们战胜饥饿、寒冷和跋涉时的疲惫而获得的满心喜悦。

孩子，老爸赞赏你们对生命的态度，你们不甘于生活的平静，不愿在平和的生命中被舒适平庸化，被庸常格式化，不愿意成为精打细算过小日子的行尸走肉，这一点特别值得嘉许！你们每年一次极限探险和徒步，证明你们内心那股生命的原生之火旺盛炙热。

孩子，对父母而言，你们终将远去，我们唯其希望的是，同堂的快乐常常会不期而至……

（2016.10.3）

还是这帮"流氓"洒脱

这帮"流氓"因王朔一本《我是流氓我怕谁》而类聚。一帮京城大院里的小阔少，满嘴跑江湖，一口京片子，与街坊泼皮打死架，背后有父辈军功撑腰，加上机灵劲儿，一跃而成为才子。玩电影的玩电影，码字的码字，引领了潮流。

他们的崛起正赶上原来虚浮海夸的"高大上"解体，民间视阈，百姓话题，街坊情趣再配点一般文化人心中有嘴上不敢说的"痞气"，专打下三路，撕破脸皮，入木三分地摧毁了假大空的那套行头，他们的作品第一是"真"，他们可以把"真好""真情""真美"和"真痞""真坏"结合起来，满足了人类心里藏着的光明和邪痞的需求。

真的，很叫座，也很过瘾。

这不，冯小刚的这篇文章（是不是伪作尚不可知，但是看文风似极）写和女儿的感情，就让老夫感动。不过感动之余，也嗟叹不已：到底是"流氓"出身，把女儿当兄弟，没脸没皮，没遮没拦，没规没矩玩得真开心。不禁慨叹，还是"流氓"洒脱啊，一切都撕开，"真"的有深度而没边际。

老夫养女，真的是大公无私，把她送的远远的，要看一眼，甚至要像冯小刚那样和女儿没遮没拦调侃快乐都被空间阻隔。小刚可以左右开弓亲女儿，老夫只有左右打字写女儿。参商之别啊！

亲情是一份最黏稠的感情，是打断骨头连着筋的那类。小刚是具体实感的"左右开弓亲女儿"，老夫则是抽象缥缈的"左右打字写女儿"。

我女儿倒是没有兰花指，虽有一个尖下巴，但不像现在那些网红的下巴是削出来的，那是她母亲给的，时不时髦都在那里。她性格像男孩，不发嗲，不造作，有啥说啥，是一个"真人"。可惜在她小时候我太威严，弄得我们之间无法"左右开弓"亲密无间。但我知道这孩子是爱我的。要怪就全怪咱们湘西人那股倔脾气，嘴上服输真难啊。

好在有微信，网络扁平化到我和女儿之间只剩下一层薄薄的屏幕，可以发微信，看视频，读文章，但是，它依然有千里之远……

（2016.10.12）

⊙ 少年伙伴合影

有幸遇到你

——华东师大六十五周年校庆遐思

二十世纪八十年代，因华东师大学风自由，名家甚多，且在上海，对我等小镇学子诱惑极大，便钉死这块圣地，想到鲁迅、巴金、沈从文、郁达夫、张爱玲等大家睡过的地方睡一睡，于是不自量力地选择了华东师大，选择了徐中玉。这一决定，便奠定了我一辈子追求独立思考的思想底色，想来，这都是缘分啊。

这个学校深不可测。一次在中文系传达室黑板上看到有施蛰存的挂号邮件，以为看错，以为同名同姓，一打听，才知道就是现代文学史上赫赫有名的施蛰存先生。这都是历史中的人物啊。这类人物华东师大有一大批：孟宪承、许杰、冯契、陈旭麓……如果加上其前身圣约翰大学、大夏大学、光华大学，以及后来并入的浙江大学、沪江大学、震旦大学部分院系，什么胡适、梁启超、钱基博、鲁迅、钱锺书、周扬、徐中玉、钱谷融等历史人物灿若星汉，都在这里吐过唾沫，码过文字。难怪一到这个学校，感受最强烈的就是自由的学风和平等辩难的"习俗"，以至于后来青年才俊"窝案"般辈出。仅中文系作家就有沙叶新、戴厚英、格非、赵丽宏、陈丹燕、孙甘露、王小鹰……理论家有蒋述卓、夏中义、吴炫、王晓明、许子东、朱大可、吴俊……都是"中国好声音"，都在当下指点江山，激扬文字。

我等五个师兄弟，高矮长短不一，各有其思维路径，各有其性格特征，但是都驳难不避亲，相谐不避讳。加上徐先生，我们六人有四人抽烟六人喝酒。但论天下事，无不各抒己见，先生则坐山观虎斗，偶尔敲打一下。几十年后每每忆及在先生家中从先生研学，感慨万千，唏嘘不已。

华东师大有夏雨岛、丽娃河，一听这名字，就知道是诗歌和爱情的摇篮。青春骚动和哲学沉思两极世界融汇于此，催熟了情感和磨砺了思想。

反思一生，不求闻达于天下，仅遇见华东师大，便三生有幸。

（2016.10.16）

岳麓尺八吹秋声

忙了一整天，晚上一个学生推荐说有一好去处，先生一定会喜欢的。问曰何处？答，岳麓山如愿茶坊。

岳麓山在老夫心中是有分量的，茶也是一份能滴透灵魂的灵物，加之深秋黄昏麓山品茗，那简直就是一次杜牧之行。怎能拒绝呢？

于是吴优开车，学生陪伴，蛇行于盘山公路，停车爱晚亭旁，再沿一条静得能听到松针落地的小道，便来到一僻静之处。

天已垂幕，林深幽秘，溪水淙淙，庭院深深，一股只有深山老林才有的清气，略带湿润，透过皮肤，沁入心脾。

远远就看见一处类似禅房的小茶屋，落地窗透出一片雪白灯光，倾满一地雅静。禅房两间雅室，外间一茶几横陈，桌上零落几个茶盏，随意置放，透着空灵。转头便是一间略大一点的茶室。芦苇编织的漂得雪白的地席安静地候着香客。几个草蒲团无声地召唤来人。

一声低语从端坐在茶师位子上的女主人口中传来：跪坐太久，起不了身迎候，对不起。请坐吧。

这简直就是古书中的人物！白皙肌肤被一袭玄黑清衣衬托得更加雪白，双眼细如草叶，眸子迷蒙如雾。但见她轻启皓齿：备了十二年的白茶，正煮着，来得正好。

在略感清冷的屋内，白茶的清香袅袅飘忽，滤化了一身凡俗，把一盏澄澈明黄的茶水饮啜入唇，茶水顺舌根两侧缓缓沁入心脾，再用鼻吸送一瓣馨香入脑，便是一生一世风清水静。透着落地大窗，窗外松林小山忽隐忽现，室内只有茶水滚熟发出的汨汨声。间或茶盏相碰，一两声脆响如琴，叮当一声，挂耳环绕，营造了一份久违了的隐逸，氤氲禅房，顿觉物我两忘。主客之间，无语品茗，间或一两句问答，都在云霄之间。

主人姓谢，谢灵运之谢，名馨雨。极好的一个名字，如不是父母有一定文化，便是后来随心改名，取了个诗意化十足的名字，分明有出入化境的念想。

席间，一中年男子入座，一副虔诚。他和女主人偶有对话，也是细如远蝉，不甚清楚。突然一词飘入耳中，好像是说"尺八"。心一惊，他会吹奏尺八？这可是在中国早已绝迹的古乐器啊，目前只有日本人会吹。

一问，果然这位中年男子能吹尺八！

尺八产生于隋代，到唐代才传入日本。有宋以来，逐渐式微至消亡。在中国古乐器中，尺八由气声吹出婉转入心，沉淀灵魂于渊潭。其声苍老、孤寂、枯瘦、寥落，常常叹江山已远，美人迟暮，孤怀独往，侘傺怅惘。那份浅伤深忧，静寂悲思都在指头间幽幽袅袅飘飞出来，轻叩心弦。无奈寒气太重，逐渐浮华奢靡的朝代已经不起这竹管的一吹，便遗落到了扶桑孤岛，成为异国他音。

有这种机会能听到千年前的古音，就像品到馨雨十二年的白茶一样，是一种缘。今夜就听尺八。愿用冷寂枯瘦梳理一下浮躁疲惫的灵魂。

中年男子爽朗大方转身出门去取尺八，行走如风，已显出一派古意。旋即带回两根竹管。在大家的邀请下，他虔诚地闭着双眼，静静地让时间飘过，足足一两分钟，才把尺八举起来抵近嘴唇，于是一种仿佛从深邃远古吹来的空谷呜呜徐徐飘飞而出。声音低沉，如风过崖壁，水过川穹，眼前浮现一片旷野，雪没蒿草，前路无迹。一会儿尺八微微抖动，如诉如泣，顿挫颤抖，疑山穷水尽，进退失据；一会儿尺八微举，一副冷眼扫过荒原，任凭穷途潦倒，哪怕冷菜剩饭，也傲骨如松，仗剑孤行；一会儿尺八低吟，一弯冷月映照，纵有千般缠绵万般悱恻，只有孤鸿离雁寻寻觅觅，凄凄惨惨戚戚……

尺八，是微苦之艾草，苦而回甘；是椎心之点穴，痛而后舒泰；是一种压抑美学，追求先抑后扬；也是一种自虐哲学，先虐而后舒畅。它仿佛一双冷冰冰的红酥手，为你摩挲呵护冻伤的双脚，反复轻柔慢摩，直到温度回暖，阳气复苏……

闭目静听，尺八给人的感觉就是一片灰色，一派静谧，传达出一种冷美学和高品位情怀。

当这种啸鸣戛然而止之时，听者无不为之动容。问曰：先生贵姓？答曰：姓杨名立。好一个杨立，麓山这千年的修行都在你尺八之中。

到了起身之时，宾主尽欢，屋外一片漆黑，杨立引路，馨雨陪伴，在一座高大的门口停住。杨立拉开木闩，推开沉沉大门，门臼发出重而亮的响声，不禁想起贾岛"僧推月下门"和"僧敲月下门"的千古名句。一时恍惚，古耶？今耶？一壶十年白茶，一曲千年古音，真不知今夕是何夕。

长沙是一座闹腾喧嚣奔着和武汉、广州比肩的世俗城市。她从一座古城走到现在，越发令人讨厌。几十年折腾，除了把自己整得和其他城市没什么两样，原本属于自己的东西已经所剩无几。没想到，今天在岳麓山深处，居然还有这样一个去处，独立寒秋，隐于闹市。到底是名山气韵，任他东西南北风，一份固执和傲骨，留取先祖残音古韵，承传蕴藉一代又一代灵魂，余音不绝而余脉赓续……

（2016.11.7）

新年最佳礼物

2016年岁末，设计师文一到家里来，把刚刚当选为国际室内建筑师/设计师团体联盟（IFI）主席（历任主席中第一位华人）、香港著名建筑设计大师梁志天赠送的签名版设计图册送给我。我虽然不懂建筑设计，但是专业学的是美学，和梁志天先生的简约美学理念十分投契，对梁先生的为人非常钦崇，这三本大而厚重的设计图册，正是新年围坐沙发、认真阅读的上佳精神食粮。真得感谢梁先生了，用眸子和心灵，在遥远的湘西读你，是一种怎样的快乐！

上次你到湘西来做慈善，应邀和我一起对话设计艺术。和你同台，轻松幽默，没有所谓大师那种高头讲章，只有口语化亲切的心灵交流。你强调自然，尊崇简约，是一位内心澄澈透明的思想家类型的建筑设计大师。

粗略看了你的作品，从中读出了诗意般的感受。

比如，我喜欢你的"禅意"。这种禅意不是完全出世，而是在世俗红尘中，给心灵留出一片洁净。

又比如，我喜欢你的"酷"。这种酷虽然包含工业时代的理念，但不冷漠，存无限温馨在心头。

再比如，我喜欢你的"和"。你在后工业文明所善用的工业技术的"硬"中，安置了东方天人合一的精神。

还比如，我喜欢你的"节律"。有度、有张弛、有强弱，仿佛一首音乐诗，耐人寻味。

如果还要比如，那就是你的"气"。正像曹丕所说的"文以气为主"。你的作品氤氲着一种"气"。这种"气"中洋溢着你设计理念的DNA：辉煌中给生命留足自由自在的形式，亮丽中给情感保留私人空间，明暗是蓝天和星空交替轮回，硬和软的关系中你安置了人世间的关系……

你以你的创意才华征服了中国和世界，是一位值得称道的杰出华人。

说老实话，这辈子怎么错过了学习建筑设计艺术的机会？你们多好啊，能把自己的思想、观念、情感直观地竖立在大地上，凡走过你作品的人都会有意无意之间与你对话，感受你的感受，欣赏你的美丽。政治、军事、经济、艺术等领域的伟人顶多在一到两三处地方被后人立有纪念丰碑，和你们相比，那算什么，你们在全世界任何地方都可能留下丰碑——你们的建筑设计作品。这种人生真是畅快淋漓！

（2017.1.2）

⊙ 作者与香港著名设计大师梁志天共同主持活动

焕然成章有朝慧

——有雕塑感的生命

　　一位校友决定捐赠一尊沈从文雕像，这是我们学校文化建设的重要内容。接下来的问题是由谁来做这尊雕像。作为校友总会会长的我建议最好就拜请沈从文的亲戚、中央美术学院著名雕塑家刘焕章先生来做。没有比他更适合的人了。论水平，他算得上当今仍健在的第一流雕塑家，论对沈从文的理解，作为沈从文的亲戚，还有哪个雕塑家敢跟他比试。就是他了。这尊雕像的制作人非他莫属。

　　我在撰写《沈从文图传》时曾看到一段凄楚且令人心疼的资料。沈从文弟弟沈荃是淞沪抗战中的战斗英雄，是沈家最高大英俊的男子汉。沈从文的祖父是将军，父亲奔波一辈子没有实现将军梦，沈荃用生命成就了家族荣耀。作为128师的一个团长，他身先士卒，勇敢机智，与日寇在浙江嘉善真刀真枪浴血奋战过，是从死人堆里爬出来的好汉。这位黄埔生因战功升至少将。在国共内战期间，因厌恶中国人打中国人，离开军营回乡，后参加起义，在地方政府做点咨询工作。不久被镇压。留有一女，名沈朝慧。再后来，小朝慧在凤凰活得很艰难，得二伯父沈从文帮助，转到北京生活，长大后认识雕塑家刘焕章，两人结为秦晋。他来做这尊雕像于情于理都是最适合的人选。特别是对沈朝慧而言，沈从文在她失怙之后把她带到北京，是她成长中最重要的亲人，养育之恩深重如山。她一定会全力支持这件事情。

　　果然，一到刘先生家，出来一位女士，皮肤白皙，典雅端庄，热情地将我们引入客厅。但这是沈朝慧吗？看年龄只有五六十来岁。如果是沈朝慧至少得七十多了。心中犹疑，不敢造次。女士从内屋引出一老者，高个，美髯，清癯，长发，精神矍铄，一派仙风道骨的感觉。毫无疑问，这就是如雷贯耳的大雕塑家刘焕章先生。甫一坐定，便说明来意。事先校友会副会长李荣光已经和他有所沟通，老人没有任何犹疑，满口应承下来。

只是焕章老人性格如雕塑，语言不多，问则说，不问就如雕像般沉默。正像黄永玉描述的那样："话说不上十句，很少用形容词和副词，好就是好，不好就是不好。"完全是个干脆到有事儿说事儿，没事就打住，说那些废话干吗的感觉。

只好转移方向，和这位女士开聊。东一句西一句，终于听到她说她们女儿怎么怎么的。看来这位女士不是焕章先生的女儿，而是他夫人沈朝慧。这个时候我才敢接起话头问："您就是沈朝慧女士？"

她说："我就是啊。"

一张发黄的历史旧照，转瞬间就成了眼前这个鲜活的历史人物。那个曾经出现在沈从文文字中且让我读到隐痛的小女孩就在眼前。七十多岁的人，怎么看都只是五六十岁，岁月沧桑没有在她身上留下悲情色彩，相反她热情开朗，一身朝气，到底是大户人家出身，心胸坦荡那都不是一般人能比拟的。记得章诒和在《往事并不如烟》一书中描述康有为的女儿，无论多苦，那身贵族气派就没丢过。

沈朝慧的母亲是沈荃在溆浦驻防时，溆浦县城一瓷器店老板的女儿，名叫罗兰。罗兰年轻貌美，算得上是溆浦城里一枝花。沈荃去世后，1958年，沈朝慧从湘西到北京，投奔二伯父沈从文，在二伯父家里，沈从文为沈朝慧遮风挡雨，他们情同父女。这一段故事一直活在我心里。没想到为了校庆做雕塑，竟然与活在历史中的人物相遇，实在是一种缘分。

临别，焕章先生赠我一本他的作品集。晚上回到女儿家就迫不及待认真拜读起来。

焕章先生的作品真如其人，有燕赵风骨，大气磅礴，同时又能体察精微，做到细腻如丝。他既能在传统与现代中穿越，亦能在厚重雄浑和温润柔美中各树标高。看得出他将内心厚道转化成他在美学上的追求，总是在厚实感、沉重感、静谧感和柔和感上着力雕刻；亦看得出他总是力求突破，在变形、夸张、抽象方面寻求新的表达方式。从数百件作品所呈现的形式感判断，他的美学源头非常丰富，既有原始人类早期泥塑和陶艺的孑遗，也有西方现代派美学的影子，更能强烈感受到的，是他对脚下这块土地上那些生命的真实形态的本质把握。

雕塑，是把脑子里那些行于万千世界中流动的生命，固化成最能表达的形式，以传达出创作者对这个世界的理解和感觉。流动到凝固，本就是生命的原态，雕塑家比一般人更能感受这种过程，他们用眼力、臂力和心力，塑造一尊尊个性和意蕴丰富的塑像。

焕章先生一辈子就在工作室里叮叮当当凿出雕像，实际上他凿出了自己一生的风骨和价值，他性格充满了雕塑感，就像他自己的作品，硬朗、率真、执着、坚韧、阳光。

他今年八十七岁了，还在他的工作室进行创造性工作，他在雕刻他的作品，他也在雕刻他生命最后一件作品，那就是他自己。

我们祝愿他雕刻他自己的这件作品不要太久，就在一百二十岁时收工吧！

（2017.2.9）

情人节在乌镇

——纯爷们儿的乐子

　　完全是偶然，和一帮八十年代的学生在乌镇考察，居然在小鲜肉强调的情人节到来时还滞留在这块土地上。还是这帮"龟孙子"想到这茬儿，他们各自自嘲一番，便保持对这个节日的"木讷"。

　　早就来过乌镇，但那是东栅。那时一路从朱家角、周庄、同里看过来，基本上都是一种风格，搞到最后，回忆起来常常东拉西扯，搞不清楚哪儿是同里哪儿是周庄。这次"魅力湘西"老总说到乌镇西栅看看，说西栅和东栅不同，好得不得了。老夫一直以忙拒绝。实在却不过时，便抱着也就是那么回事儿的态度来到乌镇。

　　没想到，还真没来错。乌镇西栅给我一种全新的感觉。这种全新不是"新"到没见过那种东西，而是"新"到整个小镇给人感觉就是千年古镇，一座货真价实的古镇，一座能让人穿越到外婆老家的古镇。这种古镇，和现在铺天盖地新建的那种古镇判然有别，所以它是"旧"出了"新意"。

　　西栅和东栅相同的地方是，都以河成街，以桥连街，河路水路唇齿相依，小桥流水情深谊长。那些重脊高檐，河埠廊坊，那些过街骑楼，临河水阁，把"小桥流水人家"最经典的形式，在乌镇的蓝天白云下铺展开来。不同处则在于，现在的乌镇西栅之所以给人耳目一新的感觉，在于它有节制的商业化，有品相的古街巷，有韵味的寻常百姓事，有特色的传统浙江菜，有品位的历史文化典章，有能够发呆的静谧处，也有能够两情依

⊙ 与音乐家张磊、舞台美术家边文彤以及我的大学学生在乌镇

⊙ 乌镇美景（张建永/摄）

依的断桥边……

这明摆着是宋词故乡，小令别院。陆游一首《钗头凤》便道尽了两情离索的愁绪，幼安的"我见青山多妩媚，料青山见我应如是"将多少俊逸洒脱挥将开来……咱就别说茅盾了，他名气高标但文字却缺了乌镇这满河的灵气。就说最近的木心，那是一颗把心永远掏给故乡的诗人，俊逸倜傥还深刻博学。当然，如果没有陈丹青的力荐，也许这颗灵魂会隐秘在历史褶皱里不为人知。自然，街上那一幢幢像人一样紧紧挨着站立的风火墙和墙上的小青瓦，临水而筑，临风生烟，翡翠一样嫩绿的河水，把小镇万千小屋、宗庙和祠堂，就像金镶玉一样，妥妥帖帖地镶嵌在大地之上。这才是活色生香的乌镇，它满目人间烟火。那精致的小折扇，凹凸不平的麻石板路桥，那飘香十里的"吴妈馄饨"，那"欸乃一声山水绿"的河湾，以及耳鬓厮磨的吴侬软语，和着冬日的暖阳，柔柔地暖着心窝子。

坐在被阳光温暖了的石桥上，那小桥流水，那枯树枝丫，都浸润在江南水乡油盐柴米酱醋茶糅合成一体的氛围里。这就是产生《茉莉花》绵软柔美旋律的地方，是产生《梁祝》缱绻缠绵爱情的土壤。如果再往前推，昆曲越剧，云步水袖，那些水漫金山、断桥相会等都是这块土地长出来的精神庄稼。

所谓乌篷船、油纸伞，床头明月枕边书，再加上雨巷钉鞋的橐橐声，全都齐了，这就是最经典的江南水乡的全部意象。

2月14日，我带着几个纯爷们儿，在乌镇这个满是阴柔之美的小镇，度了一个情人节，在"情人"的怀抱，一梦华胥，江天海阔……

（2017.2.17）

吾心如山高且静

记忆中，莫干山苍老悠远，干将莫邪炼剑传说携带殷红血色，令人震撼慨叹。中华匠人精神和神秘力量在此处成就了一段千古佳话。后来便是被莫干山的洋家乐吸引了注意力。正是这种粗犷夹带精致、野性糅合细腻的乡野，撩拨都市樊笼里的人群，给被焦虑、浮躁以及鸡鸭鱼肉弄得七荤八素而失序的心灵和"失血"的思想，提供一片相对宁静的天空来过滤，纯净的山水来"透析"。这不，莫干山离上海、杭州不远，虽不属于"远方"，但具有"诗和远方"的全部性质，正好让上海、南京、杭州、苏州这一带脑满肠肥、心灵疲惫的家伙捯饬捯饬。

举目皆是翠绿，一望无际的竹海，像狂澜起伏扑向远方。古松高挺，树枝虬龙吞日般向深渊展开。水杉如尺，笔直指向苍穹。红绿各色屋顶，点缀苍山白云深处。百十年前那些达官贵人在这里靡费巨资修建的别墅，星散在山头、山腰和山谷，平添了历史厚度。可以说，这是有历史生命的灵山。想当初，这里一定冠盖云集，淑女雀跃。可见这山不是一般的山。

它既是义士英雄云集之山，也是文人墨客走心之山，更是政治精英为国家纾难解忧的议政之山。特别是文化人，每有仙山便雀跃。画家有张大千先生，文学家有郁达夫先生等都来此遁世洗心，寻找心中的伊甸园。郁达夫这位"情种"，为了逃婚，曾隐遁此山。他留下了一首诗歌，记录了当时的心情和感觉：

游莫干山口占

田庄来做客，本意为逃名。

山静溪声急，风斜鸟步轻。

路从岩背转，人在树梢行。

坐卧幽篁里，恬然动远情。

我和八八、八九级的学生龙博、许洁，以及老朋友杨吉红、新朋友向波趁夕阳余晖登上莫干山最高顶，居住在郁达夫寓所旁边一栋老宅里。在阳台上，看远山，吞夕阳，品香茗，话江湖，别有一番风味。这四个年轻人，小我一代，当初老夫从上海念书回来，可谓血气方刚，思想尚算敏锐，说佛谈玄，辩理析道，在学生中有一定影响力。这几位都是当时老夫身边亦师亦友的同学。二十多年过去了，他们都有自己的传奇和成功，有自己的鲜花和泪水。这次能有机缘相聚莫干山，在古道上漫步，老宅里叙谈，清茶淡饭，海阔天空，真是千金难买啊。

大概昨晚下了点小雨，清晨的莫干山格外澄澈，真有王国维所写的："万木沉酣新雨后，百昌苏醒晓风前"。雨后山川景象，有极高的透明度，极目远眺，远山苍翠，近岭透明，连心都给洗刷得透亮澄明，可用上北方话"倍儿爽"来形容。王国维此诗的后两句更撩人："四时可爱唯春日，一事能狂便少年"！只是老夫已老，江天已静，狂不了了。干脆也口占一首，以飨故人：

吾本楚狂人，今已入禅定。

万念随风飘，千心尽收敛。

粗茶淡江山，糙米养筋骨。

南瓜宜延寿，秋葵为大补。

红泥小火炉，一饮百愁无。

晨昏石径上，山川任极目。

（2017.2.16）

夜宿乌镇思吴越

　　命运中跟一个人、一座城、一件事等发生交合，冥冥中一定有份千年缘分寄存在某处，一定有一次穿越时空的超前承诺或邀约，否则，凭什么在偌大浩瀚的万千世界里，和他（她、它）能在同一时空中相遇、相识、相亲、相爱和相拥？

　　2017年春天，与几个弟子东游至乌镇，一座六千年古镇毫无违和感地如一轴山河万里图长卷，在我眼帘缓缓舒展开来。真如等待了千年相识了千年那般舒心。小青瓦、灰土墙、小河湾和小石桥，都像曾经寄存有我内心最柔软最温暖的故事，脚步每挪一步，仿佛都能听到外婆遥远的呼叫和她深夜纺纱的嗡嗡声。这种熟悉，完全没道理地像一壶酒，使我彻底不知今夕是何夕？我，蛮荒之地出生的一介粗人，在乌镇这块陌生的大地上，不仅没有迷路，反像久未归乡的游子，在巷子里，凭着感觉，熟门熟路地游走。

　　为不负江南水乡，我把肤觉张开，感受早春二月和煦柔风抚摸。阳光明媚得不成话，把所有树叶和草尖装扮得像晶莹剔透的玉雕小件随风摇曳。河水碧绿如黛，仿佛一匹翠绿绸缎铺展在小巷东南西北处，曲里拐弯的小河也不放过，风乍起，一湾湾涟漪碎波荡漾起江南柔情，即或是侠士英豪，也难敌这温柔之乡的如海温情。

　　长江以南统称江南。但西部的江南和东部江南那是天壤之别。江浙之江南是江南的云端。这里土地肥沃，人民富裕。温饱小康足以把人们从生存的窘迫中解放出来，使其可以在非关乎生存的天地努力发展。从人类学角度看，"饱暖思淫欲"其实不是一个贬义词，它正好说明人类在生产力

⊙ 乌镇（张建永/摄）

发达的情况之下，能够摆脱直接生产的劳碌而开始把生活往精致化、极致化方面拓展。于是，这块土地产生出最多的文人墨客、最妙的诗词歌赋、最精致的园林建筑、最缜密的精算思维、最灿烂的民俗风情、最丰富的人物性格、最缠绵的相思情爱……

　　哪怕是它的乡村，也精雕细刻到微米，已经不像其他地区仅仅满足遮风挡雨，果腹遮体，而是把审美需求、精神愉悦和灵魂安置等，放大到小桥、骑楼、窗棂、门楣，放大到曲律的婉转悱恻、水袖的飘逸俊秀等一切精微处，处心积虑地"描写"人的全部丰富性和美妙处。

　　论婉约，这里是最浩瀚最温柔的暖洋。昆曲、越剧、苏绣、苏园以及诗词歌赋，把中华文化最精致细腻的精神品貌展示得最为充分。蒋捷"一片春愁待酒浇"（《一剪梅·过吴江》），戴望舒"像梦一般的凄婉迷茫"（《雨巷》），拈花一吟，便把江南之灵秀和温婉传达到极致。

　　但切记，江南绝非只有浅斟低唱。从历史烟云回望，江南的傲骨和雄气同样能奏黄钟，歌大吕，舞云门。越王勾践卧薪尝胆之坚韧，豪放词人陆游沉郁雄放之悲凉，秋瑾徐锡麟推翻封建之烈性，瞿秋白鲁迅冷峻如冰之傲骨……江南之地，既是才子佳人绵软温柔之乡，也是英烈壮士雄风万丈之地。

一湾乌镇，鳞次栉比，黑白相间，素雅淡抹。但临春分，便是雨燕呢喃，桨橹吱呀，捣衣声声。一切灵性，都仿佛随霏霏细雨润物无声，难怪论肌肤，江南水色，冰清玉洁；论身段，风摆杨柳，婀娜多姿；论庭院雕梁，精雕细刻，不漏一丝花蕊，不遗一线针脚；论时序伦常，不失一礼，不丢一份，礼数周至，言语绵密。

从乌镇走出去又回来的木心，便是乌镇的化身。平静时，乌镇就是木心的全部。他的《从前慢》传达了乌镇的静默：

> 从前的日色变得慢
>
> 车，马，邮件都慢
>
> 一生只够爱一个人
>
> 从前的锁也好看
>
> 钥匙精美有样子
>
> 你锁了，人家就懂了

郁愤时，木心就是乌镇的"吴越精神"：

> 借我一个暮年
>
> 借我碎片
>
> 借我瞻前与顾后
>
> 借我执拗如少年
>
> 借我后天长成的先天
>
> 借我变如不曾改变
>
> 借我素淡的世故和明白的愚
>
> 借我可预知的脸
>
> 借我悲怆的磊落
>
> 借我温软的鲁莽和玩笑的庄严
>
> 借我最初与最终的不敢

借我不言而喻的不见

借我一场秋啊

可你说这已是冬天

　　乌镇，我沧浪人生的一个柔心的粘接处，一回眸便是千年，一颔首竟
是终身……

（2017.3.10）

晨读余秋雨

今晨读了余秋雨先生写谢晋的一篇文章《门孔》，为秋雨先生笔下的谢晋先生感动，更为秋雨先生温暖的笔触感动。

说起余秋雨先生，国人不知道的大概不多，特别是作为一个文化人其声名响过所谓明星者更是不多。他的名声大概可分为四个阶段。第一阶段自然是"文革"期间，他作为上海一个写作班子的青年笔杆子，因文笔好，曾出了一把力。第二阶段是他在上海戏剧学院当教授和院长期间，发表大量的学术论文和著作，赢得了学术界的赫赫声威。我在上海读研时，他每有新书我都必看。第三阶段是他涉足创作，特别是他开创了文化散文写作天地，一发而不可收的好作品如黄河之水滚滚而来。无疑，他在散文世界里打下了一块新地盘，当时好评如潮，一时洛阳纸贵。第四阶段便是遭谤言贬损时期，所谓"文革"问题、文化硬伤问题、文化意识问题，搞得秋雨先生基本不愿发声，一发声便有大批乘虚而入的嗜血者猛扑上来，搞得这个不会国骂，也不懂阴损，更无法耍点流氓的文化人躲起来拉倒。

老夫天性愚钝顽固，既不懂通过骂名人提高声威的伎俩，更不愿趋炎附势，跟着喊打。当秋雨先生被口诛笔伐时，老夫基本保持冷静，静观出手者的嘴脸。终于发觉原来就是几招破烂货：

揭短辱骂的。说秋雨"文革"曾经在写作班子干过，有污点，从此应该终身闭嘴。

妒忌报复的。这批人大部分是作家。很多本应该在自己那块创作园地埋头耕耘的所谓作家们，突然发觉有人闯进来而且写得比他们好，一时恼怒，大有捍卫自家菜园子的气概，干脆当起了喷子，骂将起来。

嗜血求生的。有许多写了很多年东西，在文坛仍然悄无声息的"二赖子"之人，像鬣狗一样，用群殴战术扑倒一头大象，然后分而食之，借别人尸体养自己生命。这类人确实因批秋雨而"闻名"文坛，但一二十年过去了，他们既没有新文字奉献出来，老东西却在岁月中颓败得一塌糊涂，来不及领风骚就玩完了。

当然，也有认真辩论的，那都是学术论争，极有价值。

但是，当时那架势，仿佛不骂余秋雨就没学问，骂秋雨成为一种"智慧""学识"的象征，成了一门"显学"。这真悲哀了也么哥！中国人有一种被王朔看透了的文化习惯，那就是"一起鄙薄他人比一起称颂他人更容易使议论者有亲密无间和勾结在一起的感觉"，这种感觉，"团结"了一大批人，这批人有点本事，但建设本事不大，一上场就开骂。他们极有市场，因为我们文化中有一种"围观"爱好，有人骂架，自然就有围观，围观者不在捍卫真理，而在于骂架者的骂架技巧，谁会骂谁的掌声多，掌声多，骂架者更来劲，如此反复推高骂架技巧，最后不过就是搞成了一场娱乐闹剧而已。

秋雨先生是一位埋头写作的学者。他二十世纪八十年代初就陆续出版了《戏剧理论史稿》《中国戏剧文化史述》《戏剧审美心理学》《世界戏剧学》《中国戏剧史》《观众心理学》《艺术创造学》。这些作品具有开山之功。那时，国内还没有一本像他这样系统且深刻的关于戏剧研究的专著，那些骂他的角色也没有一位能够弄出这些好东西来。而后，秋雨先生转型闯入散文领域，写了大量的文化散文。《文化苦旅》《山居笔记》等，开创了文化散文的新天地。

自然，秋雨先生不是完人。但在老夫看来，他最不完善的地方就是不会骂。假如他的语言能兼顾鲁迅的刁毒和王朔的邪痞，那也就"战无不胜"了。可这还是秋雨先生吗？

想骂而永恒的，老夫认为，在中国文化发展上，还是要多来一点建设，少玩一点阴损。中国哪一天把站着说风凉话的，一起享受"勾结在一起"的，吸别人鲜血、壮自己身体的流氓性格革掉，哪一天便会风清气顺。

秋雨先生的《门孔》写得极好。文中写到谢晋四儿子阿四每天通过门孔看爸爸什么时候回来的场景，与老夫在"文革"时老是竖起耳朵听父亲回来时的脚步声一样，我们的家在"文革"风暴中濒临灭亡，这个时候，父亲是孩子心中唯一的靠山，身影和声响都成了我和阿四们的精神支柱。

这种期盼无人理解。经历过的，一读，便潸然泪下……

（2017.3.25）

偏僻乡村破墙上的心迹

在一个偏僻乡村的破墙上，看到学生留下稚嫩的笔迹：

"早上好！""老师喜欢我吗？"

这些问候和问题题写在一座小小码头路边的破屋粉墙上。显然是某个学生为了让老师看见，把心迹留在这里。这样的文字是谁写的？是感念老师的辛苦，还是暗恋老师？不得而知。我不知道老师读到这样的文字会怎样想。但显然，不会无动于衷。

如果是感念老师的辛劳，人生在世，做一点事情而为人感念，在我看来也是一种成功。在这样荒凉的山庄，把青春留在这里，陪伴一群穷孩子成长，内心是强大的。寂寞孤独贫穷，几乎是"全域"处于社会底层。在这个环境里能赢得学生的爱戴，非有真正的付出不可能达到。我钦佩这些乡村教师。我愿意在这样寂寞的句子后面加上"我是一个喜欢你的陌生人！"

如果是暗恋老师，这份暗恋也一定是如泥土那样朴实而沉默。一定是老师丰富的知识和很高的颜值，令一个豆蔻年华的少女心里飞起了一朵彩霞。

不要以为只有都市灯红酒绿才有情感驿动，不要相信拉横幅、上电视才是爱情，只要有人的地方，哪怕穷得鸟不拉屎，也会有"诗和远方"。

这破墙上孩子提的问题，也许早就有了结果，也许永远没有结果；也许是皆大欢喜的结果，也许是凄美无果的结果。但是，我宁愿相信，这是天底下最纯洁的剖白……

（2017.4.18）

你只管成长，我负责守望

女儿真好，自己长大远行了，担心老爸孤独，生个儿子让我远远地遥望，虽然是遥望，一年一两次和外孙相聚，真是一份能够引爆血管的快乐。俺这外孙，长得谦虚谨慎，活得懵懂真诚。每见姥爷便下令：姥爷，玩玩！大将军气概让人开心。

两岁以后，渐渐独立了。首先视频里喊就不答应了。要他正眼看一眼都不容易，要不就说姥姥不听话，姥爷不听话。一查资料，才知道孩子到了第一个叛逆期，国外称为"terrible twos"（可怕的两岁）。内心的"自我"第一次破土而出，凡事不再唯大人马首是瞻了。个人独立人格的基石也在这个阶段开始夯土筑牢。这个阶段，孩子超越了以往那种"执行式"生命，开始探讨怎么按照自己的理解来把握世界。这是大人最难把握的时刻，管束太过，容易压抑成长；尺度太宽，容易形成放纵。

这有良方吗？

理论家也是各执一词。有放养的，有圈养的；有随遇而安的，有严苛规划的；有打骂擒拿的，有喊小祖宗的……花样玩尽，手法百出。

由此想到"孟母三迁"。这可能是一种把环境熏染、文化影响看成比放养和圈养更加聪明的办法。老夫极为赞成。

我和父亲尽管同一血统，但属于对立的两种性格。他小时候周边是严苛的私塾教育，长大了是严谨的教会学校教育，思维到行为全部打上规范典雅的烙印。我本来也应该如此。可是"文革"一来，便被冲击到了艰险的惊涛骇浪中，不仅完全野放，甚至是完全独立求生。于是性格中蔑视权贵，同情弱者，以及遵循江湖规矩，讲究做人准则，路见不平敢于拔剑相助等特征，都是后天习得。

孩子，姥爷希望你有一片自由天地为想象和意志提供养分，也希望你有严谨的规范教育，懂得知识和社会常识。一句话：

孩子，你只管成长，我负责守望！

（2017.4.23）

"说山道寺"闲聊三清山

大约是二十九年前，在安徽芜湖参加全国文艺理论研究会。会后随导师徐中玉先生以及王元化先生、何满子先生、王若水先生一起登黄山。当时听他们说不远处就是道教圣山三清山，说者无心，听者有意，这就一直心向往之。

谁知这一向往之就向往了二十九年，也真够有年份的。这次终于获得机会，与雪峰山生态文化公司陈黎明先生、湖南师大旅游学院博导王凯师弟一起来了一次千里奔袭三清山。

既然是道教圣山，那就真的准备以崇敬之心"说山道寺"（本来"寺庙"指的是佛教之地，道教有专指，即"观"。我这是有意为之，无非借"说三道四"谐音用之而已）。谁知道发生了"路线错误"，错过了三清观，既然这样，"说山"可以，"道寺"那就只好放到下次了。

说老实话，当得知看不到三清观，多少有一点遗憾。到三清山不看三清观，不与道家发源地进行一番"零距离"接触，那还有什么意思。犹记得有限的历史知识，三清山道教发源于晋代，从葛洪在这里"开山结室，凿井炼丹"开始，一千六百年来，道教后人传承发展前人思想，把三清山打造成为中华名山。严格来讲，道教才是真正属于中华文化自己创造出来的宗教。儒教不属于宗教，佛教是外来宗教。哪怕禅宗，也是中国人对佛教的一种改良，依然属于佛教。只有道教才是中华文化思想温床上孕育出的思想体系和宗教仪轨。除了道教各位大师来过此处磋商名教之说，历史上还有许多思想大家、文学巨擘来过。像苏轼、朱熹、王安石、徐霞客都在这里留下了墨宝和文章。遥想当年，三清山人文荟萃，处处仙山霞蔚。

由于见不到道教遗存，一路走来，自然兴味索然。心想，既然是山，黄山、华山、泰山都去过，三清山还能给我什么新感觉？

好在一登山，便阳光灿烂。天蓝得像宝石，云白得像飞絮。三清山挺拔高耸，青松翠柏随山形起伏，像大海波浪，真有点壮怀激烈的感觉。

登山，本是一件苦差事，可是自古以来，人类却乐此不疲，甚至冒着生命危险去登山，究竟何为？

屈原的"登石峦以远望兮，路眇眇之默默"，是登高远望而纵情肆意；嵇康的"手挥五弦，目送飞鸿"，是期盼一种登临的洒脱飘逸；杜甫说的"一览众山小"，是一种征服欲的满足；毛泽东的"无限风光在险峰"，体现了一种世界观；至于现在的专业登山运动员，则是专业兴趣和征服心的融合爆发。

有人登山，是奔寂寞和孤独去的；有人登山，是拜祭山神以求心灵平安的；有人登山，是组团邀友去的，以验证团队力量和友情爱情……

不禁想起以前读过的王安石的《游褒禅山记》，其中一段话至今记忆犹新：

> 于是予有叹焉。古人之观于天地、山川、草木、虫鱼、鸟兽，往往有得，以其求思之深而无不在也。夫夷以近，则游者众；险以远，则至者少。而世之奇伟、瑰怪、非常之观，常在于险远，而人之所罕至焉，故非有志者不能至也。

总括一句话，就是"非常之观，常在于险远"！人类的探索意识、求真意识和希望证明自己的英雄意识，常常驱动我们奔走攀爬险远之地。

三清山，从体量上看，不及泰山华山，从精致玲珑奇巧上看，不及黄山张家界。但是，每有险处，绝不平庸；每有造型，必定出彩。

比如这巨蟒山，就像一条巨蟒崩云裂石，冲出山谷，昂首向天，那气势，玉皇大帝也扛不住。寻遍黄山张家界绝对找不出这样情绪激昂的山势。女神峰，一山石如女神端坐云山雾罩之上，披发远眺，一派深闺幽怨，那神态仿佛能把整个三清山都弄成情天恨海。这女神，放在泰山，皇家气象定容不下这小女子的怀春；放在华山，则过分陡峭，难见容于小女子的娇小。只有三清山要俊俏有俊俏，要悠远有悠远，要青葱有青葱，要浪漫有浪漫。她就该这样，望尽天涯歧路，伴得清风明月。

　　老夫在三清山徒步几小时，用眸子抚摸了它的险远，感受到生命在攀爬中的乐趣。我知道，生命就是一回，这一回能走多远走多远，能攀多高就攀多高。到走不动的那一天，就可以躺在床上，和子孙自豪地细数蹚过多少激流险滩，爬过多少险山峰巅，横眉冷对的和相濡以沫的都是生命进程中的故事。

　　三清山，终于在我人生这部剧本中成为一道布景，我从这里走过，还将继续前行……

（2017.5.14）

买一份历史给外孙

　　应该有四个多月没见到外孙了，怪想念的。从女儿发来的照片看，孩子成长很快。从每天晚上的视频对话，看得出我们在孩子心中的分量日渐轻微。以前一视频，还能笑对我们，要叫什么就叫什么；现在基本上"蔑视"姥姥姥爷，基本上采取不搭不理战术。

　　文学上的"陌生化"效果是文学创作最好的手段之一，亲情的"陌生化"那就有点糟糕。看来我们看你的时间太少了，被你冷落也在情理之中。教科书也说了，儿童这个阶段就是"麻烦"阶段，是第一个逆反期。不过丝毫没减损我们对孩子的爱。再说了，上一代对下一代的亲那是生物本能，你再"蔑视"，都无济于事，血管里的血见到外孙就澎湃。相当于现在网络流行语"就算你虐我千百遍，我还待你如初恋"！孩子，无论你咋的，姥爷都会每天想你。

　　这次千里奔袭浙江，一路就在想，买点什么送给你？

　　直到在婺源里坑，被一个导游"忽悠"进了一家徽墨制作传人的作坊，脑洞才豁然打开。这不就是给外孙最好的礼物吗？

　　徽墨，作为中国传统文化中最具代表性的产品，承载文化秘籍最多的文化用具，值得当作礼品送给外孙。

　　如果把世界用一种简单划分法划分，就是战争与和平。我在孩提时代，最喜欢的电影题材就是战争片。看八路军打日本人、解放军打国民党军和美国人，就一天到晚想打仗。几个同伴聚集在一起，没事儿就想回到从前，拿杆枪去杀人。随着年纪增长，随着亲眼见到子弹穿越肉体，生命瞬间蒸发的血腥，才知道，战争多么丑恶。海明威从他的《丧钟为谁而鸣》中参与战争的狂热，到《永别了武器》，完成了从支持战争到反战的转变。这是一个了不起的飞跃。记得刘伯承的孩子回忆老人家不愿看战争影片，唯一的原因就是太残酷了。双方牺牲的都是农民的儿子和社会的精英。战争始终是人民吃亏的"游戏"。古代诗歌写到"可怜无定河边骨，尽是春闺梦里人"，一语道出战争对人类的戕害程度。就算你给战争找一万条理由，我仍然热爱和平。

徽墨，代表的就是文明。虽然是黑色的，但是有文明的暖色调；虽然是一种材料，但研磨的是灵魂；虽然最后也会磨灭消失，但能留下千秋心语。它讲究的是对灵魂的浸润而不是武力强奸，尊崇的是道德标高和美学准则。它曾经代表了一个国家和民族的软实力。这样的礼物，孙子长大了定会喜欢的。更何况，制墨师傅一口皖语，耐心讲解，精湛制作，半小时，就制成了一块徽墨。老人要我握住徽墨使劲捏，于是徽墨上留下了姥爷的指纹。遥想孩子长大以后，只要握住这块徽墨，就握住了姥爷的手，心里就有一种温暖流淌进来。这块融进老传人温度的徽墨，其意义怎么说都不为过。这也是一种文明薪火，姥爷握住它把它传给你。

孩子，姥爷买了印有姥爷手迹和指纹的徽墨给你，就是买了千年历史给你。

愿你心中有墨，万里有书，一生不惑，一世快乐。

（2017.5.19）

幸亏有阿城

　　其实这个世界常常会因为有一两个坏人而腥风血雨，也会因有一两个好人而快乐无穷。希特勒一坏，再多好人赶来扑火都白搭，一次二战，就死掉数千万人。流离失所那都不叫苦难，焚尸炉才是真家伙。阿城一出现，用他父亲钟惦棐的话说，儿子出了个《王八集》，这世界就开心了。这《王八集》是他父亲对他《棋王》《孩子王》《树王》等已写和要写的八个"王"的总称。阿城的"王"一出来，全中国都宁静了。从哪里钻出来的家伙，语言如此陌生，故事如此世俗，韵味如此高妙，简直就是给传统文学写法一记耳光。此小说一出，便给读书界一剂兴奋剂，卷起了阿城热。

　　阿城出现，是文学回归真实、回归生命原态的一次偶然。从那时到现在，我们的当代文学实在是发展到了"语无出路"的境地。惯性写作、机械写作已经成为一种看不见的通病。哪怕某种感觉确确实实来自作者本人，可是，文字一出，便立即"腐败"成为大众标准化惯用组合方式，于是，一场本来就有个人"体香"味的语言表述，变成陈词滥调而让读者大倒胃口。

　　我喜欢阿城。不仅在他塑造的几个形象，也在他通透的人生态度，能将洒脱的玩世不恭和严谨的工匠精神严丝合缝地糅合在一起。这两个东西它本来很难黏合在一起。玩世不恭就会太随意，一随意哪来工匠精神？有工匠精神的，大多又太板滞，不能变通。把两者结合起来，非有乾坤大力不可。就像万吨锻压机，管你什么合金钢，在爷的强大压力下，都能将你们压榨在一起。

幸亏有阿城，让我看到中国当代文学还是有人在探索怎么"掏心窝子"说话。幸亏有阿城，让我们相信中国人是能够独立且自由思考的。幸亏有阿城，让我们读到普通百姓鸡零狗碎的日子中所蕴含的真理。

阿城给人感觉是绝对个性的，他的人物、语言、故事和韵味都具有鲜明的可识别性。就像一人物从你身边走过，属于绝对个人的体味、声线、动作、用词等等，一旦被捕捉到，就立马能识别这是张三还是李四。

把文章写得漂亮，那是基本功，还在牙牙学语阶段；把文章写得个性化那才有点嚼头；把文章写得既个性又蕴含趣味、道理和深意，那才是好文章。韩愈"惟陈言之务去"就是这个意思。

可惜的是，当下舞文弄墨者，大都停留在"漂亮"阶段，这样的文字真使人昏昏欲睡，读多了这样的文字，连生殖力都会下降。

据说王朔谁都瞧不上眼。这"流氓"还服一个人，那就是阿城。阿城那身功夫，不是课堂上书本里就能捡拾到的，没有把生命浸淫到生死边沿，没经历过和各色人等混日子，就不可能有这样通透的思维，和拿得起放得下的胸怀，也没有在困厄边沿玩幽默和在枯燥庸常里挑拣意义的能力。

特别欣赏他在他父亲平反后，急着找笔墨写感谢信的当口，冷冷地说："如果你今天欣喜若狂，那么这三十年就白过了，作为一个人，你已经肯定了你自己，无须别人再来判断。要是判断的权力在别人手里，今天肯定你，明天还可以否定你，所以我认为平反只是在技术上产生便利，另外，我很感激你在政治上的变故，它使我依靠自己得到了许多对人生的定力，虽然这二十多年对你来说是残酷的。"

这样的儿子，具有超越经历的老辣和尖刻。

他一生才华，多到像水银泼地，到处乱钻。写小说那都不用说，绘画是高手，改装车也是高手。历史、哲学、文化，什么高雅的通俗的、严肃和怪癖的书都读，旁门左道、歪理邪说也都不落下。各项杂活儿都能干。特别是聊天侃大山，把北京人的本色发挥到天荒地老，海枯石烂。

他绝对不是"伟人"，而是一个"味人"，一个有趣的、有智慧的，一身反骨却又知道如何保护自己的智者。就像他说的，不做八面玲珑，而要做六面玲珑、两面带刺的人。这话真聪明。八面玲珑那是奴才相，八面带刺那是寻死路，玲珑一点再带点刺，舒服的时候扎一下，让你知道爷不好欺负，不舒服的时候玲珑一下，让你知道爷还是可交之人。这人生哲学，庄子活过来都服气。

（2017.7.12）

一帘幽梦十里情

——水木潇湘客栈夜话

黑得跟夜色差不离的光头王小勇，是我的忘年交。正牌大学生、省厅干部、工厂老板、客栈店主，几个身份便看得出是个在江湖上见过风浪的主。自打创办了溪布街客栈之后，小勇便产生了与客栈"共存亡"的念头。他把溪布街这个客栈经营得如同游子的家，除了把客栈应有的服务做到位之外，他创造性地把"主人经济"做到极致。

所谓"主人经济"，说白了就是店主以自己的人格、风格和修养，与客人之间建立了一种"亲情"，他就是你的亲戚、哥们儿、战友、基友（玩笑）。拉家常、说白话，大到国家战略，小到酒杯茶盏。冬天一盆炭火，暖手暖心；夏天一把蒲扇，舒心走心。就这样，小勇凭着自己的真诚，把溪布街客栈经营得风生水起。

照说这个深谙商场格斗的老板，长期和利益利润利害打交道，不被金银腐蚀也会被金银软化。但是，小勇却另有一根筋，内心深处有一湾温婉柔润的泉水，平日里平静如镜，一不留神风乍起，便会涌动温庭筠、柳永那样的情怀。正是这泓清泉，淘洗了商场的铜臭，使得他身在江海，却心存魏阙，把一颗灵魂擦洗得铮亮澄澈，拿起来对着阳光，几乎能照见心的律动。

溪布街客栈积累的人气和经验，加上想把心中那份宋词般的婉约情怀，画成一幅真实图景的梦想，小勇开始在百丈峡抗金岩上可以远眺如笋挺立的群峰之处，构思他的新民宿"水木潇湘"。

三年前就陪我来看过，去年又两次来过，今年再次登临此处，"水木潇湘"已然初具模样。

一水儿黄土墙青瓦房，一水儿碎石块女儿墙，典型的南方山区小村落，就像一个姓氏组成的几栋民居，错落有致沿池塘向山湾布局。结构疏落，不疾不徐，朝向随心摆布，传达随遇而安。如果不是悬于屋角的篾条编织的黄灯笼，那就普通得跟农舍没什么两样。

他对民宿极有见解，他做民宿，已经不是图谋赚大钱。他就想利用已经赚到的银钿和积累的经验，在山崖上筑一首小诗，像温庭筠的《商山早行》"鸡声茅店月，人迹板桥霜"，清俊中透一丝温情，追求白居易的《问刘十九》所描述的"绿蚁新醅酒，红泥小火炉。晚来天欲雪，能饮一杯无"那种境界。

整个"水木潇湘"从看地到创意，从征地到土建，从家具采购到房间软装，他都亲力亲为，就像一个临窗赋诗的词人，拈须苦思，运气蓄力，最后文思泉涌，一挥而就。他图的就是一种心灵满足，求的就是意境暖心。

一盏小灯，一方矮墙，构成他的长短句。一围枯草，一片瓦楞，那是他的抒情方式。临渊小筑，极目天舒，是他安置的精言妙语。一湾池塘，那是他的空灵独白……

他无意中把维特根斯坦说的"诗意地栖居"转化成如诗如画的美景，把唐诗宋词中的温婉意境筑成现实版的村居。

这里安置了轻奢的侘寂，来一点"夜月一帘幽梦"，一朝醒来，便是"春风十里柔情"。

他把唐诗宋词的婉约全都铺在山巅，他的婉约之梦一步步化为现实。

（2017.10.26）

夜过浔阳梦司马

赶去浙江丽水参加休闲大会，一路奔波，直到傍晚时分，才来到古城九江。安顿甫定，便信步走向湖边。

九江，是梦中的一个情结，这个东吴地盘上的历史文化名城，建城两千多年，历史厚重到一踩脚不是踩到了陶渊明"门虽设而常关"的茅屋，就是撞到周瑜东吴的点将台。九江历史文化名人和与此有交集上《辞海》的就有很多人。江边溜达，随便点出几个都耀人眼目。一种敬重之情油然而生。

可是，无论是年轻气盛朝气逼人的周瑜点将台上的猎猎旌旗，还是周敦颐讲授玄妙理学的讲坛，最上心的还是"江州司马青衫湿"的"浔阳江"。一千多年前的某个夜晚，白居易和一帮朋友在浔阳江边饮宴唱和送别，偶遇一位琵琶女，相邀一曲，没想到，琵琶女和白居易因为"同是天涯沦落人"，声声催情，弦弦走心，两人一下子顿感同命连运，成为"相逢何必曾相识"的悲情知己。那一夜的旋律搅动了司马本不宁静的心思，人生不幸，官场失意，太多的红尘往事椎心伤情。他彻夜未眠，提笔写下了千古名篇《琵琶行》，将他贬谪两年后始知被贬之隐痛和琵琶女的遭遇联系起来，不长歌不足以表达此时的感觉，不歌哭不足以排遣人生块垒。知音难遇，同命相惜，必然"凄凄不似向前声，满座重闻皆掩泣。座中泣下谁最多？江州司马青衫湿"……

白居易是我喜欢的诗人之一。说他是人民诗人，主要是他写了《卖炭翁》一类的诗歌。内心的人民性使他被赋予较高地位。这也很容易误导大家，以为他就是一个单向度的诗人。其实，如果你读过他一生所写诗歌的百分之一，他在你心中的地位一定更高。他对诗意的建构，放在盛唐气象考量，一定属于最高层次。

今夜，我以千年之等待，在浔阳江头，真切感受到了"天涯沦落人"的撕裂之痛，在这情殇之地，一个湘西游子，愿为悲情司马祭上一瓣心香。

（2017.10.26）

吾心静处即故乡

绝对想不到的是，在经济如此发达的浙江，丽水云上平田村竟然能保留如此完整的青瓦夯土墙建筑群落。它们依山而建，与苍山暮霭为邻，老实而厚道地蹲在临崖边，像一个木讷老农，衔着一根旱烟，斜靠在山梁上，半闭眼睛，怀想青春往事。

这不就是白居易"绿蚁新醅酒，红泥小火炉。晚来天欲雪，能饮一杯无"的山居境界？王维《山居秋暝》那份"空山新雨后，天气晚来秋。明月松间照，清泉石上流"也尽在云上平田出现。

下得车来，但见黄泥老墙，心一下子就酥软了。在这个工业化时代，生命被挤压得失去水分，灵魂仿佛进入旱季，情感和悟性都荒漠化了。泥土这种物质是生命赖以生存的元素，有一种亲切感。夯土墙厚实而质朴，不作、不虚、不假、不伪，实实在在，稳得住心，留得住情。浙江护卫了云上平田，就为我们护卫了一座心灵"别墅"。

看得出，有一批"小资"艺术家在这里创业。他们千挑万选，终于在白云深处访到了这块净土。于是，一种现代时尚意识随风入夜，悄悄在改变这个土得掉渣的村落。

他们租住了农民那些快要倾圮的房屋，悉心保留被风雨剥蚀的泥土墙，雨痕留下的肌理仿佛正在吟诵"万里悲秋常作客，百年多病独登台"的苍凉诗句。梦幻历史是当下一种审美心情，慎终追远不仅是历史意识，还是一种审美欲望。古村古镇古城，就承载了这种欲望，因此思古之幽情是旅游美学的一种至境。

云上平田村据说是丽水到金华的茶马古道。想当初，当这条翻山越岭的古道沉浸在落日余晖时，人困马乏的队伍突然见到这座小村，那种喜悦千金难买。柴房烧水的火焰映照村姑健康的笑颜，茴香豆拌和黄酒下肚，燃烧的激情驱走困倦，半年未近女色的挑夫壮汉躺在稻草铺就的床上，互相打趣调侃，然后梦里寻妻，一夜无话。这境界温馨地融化了逼人的寒夜。

整齐划一的标准化、线性逻辑的呆板化似乎是工业时代的特产。个性被挤兑成无个性，情感也被度量衡支配，价值观被利益勾兑成劣质"工业酒精"，生命无状态无水分无灵性。

不是说云上平田这村落如何好，谁都无法长期居住，那种寂寞会石化你的灵魂。但如果你把它作为生命中的一个驿站，作为给过分浮躁的灵魂以冷处理的一片清凉之地，那份侘寂便是冷美学的至高境界。人心锻造如同炼钢，既要火热也要冷却，热美学和冷美学是人类百炼成钢的两个阶段，舍其一不能成人。

今晚，偶遇云上平田村奉送的这份侘寂，便无处不故乡了……

（2017.10.28）

信仰的力量

信仰是不讲道理的，你"信"就会"仰"，你不"信"，给钱都"仰"不起来。这一"仰"，就可以搭上一切，财产、名誉、地位，甚至生命。瞿秋白因共产主义信仰，蒋介石要他命，他可以在刑场上视死如归，能写诗，能喝酒，然后面对刽子手从容就义，还谓之曰：大休息。

我在江西龙虎山泸溪河崖上看到数十具悬棺，就被那份信仰震撼。

以现代技术要弄成这个都难，还别说二千五百多年前那会儿，他们就怎么想到要这样，他们又凭什么能这样！

这里一定有"信仰"。只有这玩意儿能成这事。其他都白搭。

于是，干大事难事一定要先把信仰建立起来，有了这个，就有了死磕精神。万事不死磕都做不到极致，也很难做成大事。你想，人力智慧都差不多，谁也别说比谁强。但如果一个有信仰的和没信仰的干同样一件难事，几个回合下来，无信仰的绝对没戏。

说到底，我对二千五百多年前人们如何把棺材弄上去兴趣不大，那是工程技术人员要研究的事。我是被信仰震撼。有信仰就能干出惊天动地的大事、好事，但弄不好也可能干出惊天动地的坏事、错事。这类结果历史上屡见不鲜。可见信仰还是要来点科学的追求，带点脑子，大体上还是要建立在符合历史潮流，有利社会进步，顺应自然规律等的基础上。否则，一顿乱"信"，就可能导致稀里糊涂乱"仰"。

（2017.10.31）

"哭你一起挖"①，兄弟

　　算起来将近二十年前，在维也纳联合国分部一次画展中结识了旅奥旅美画家陆志德先生和官琪格先生。当场有个约定，请他们到我的母校吉首大学来搞次画展（当时胆子也真大，我不过就是一个教务处长，权力有限，但是，想到只要有机会，就要让我的学生们感受国际水准的高雅艺术和大师气场，也就愣头青似的发出了邀请）。没想到这事儿还真弄成了。两年之后，经过和学校沟通，得时任党委书记

⊙ 画家张晓东

马本立的支持，趁他们在上海参加国际双年展的机会，请到学校搞了一次吉首大学国际华人画展，参展的有奥地利的陆志德、美国的官琪格、日本的张晓东和马来西亚的画家，弄得北京、上海和长沙一些名家都奔到湘西来，还有点莫名其妙，问曰：怎么这些大师会到你们这山沟里展出？

　　他们不仅带来了自己的杰作，还带来了一位新朋友，这家伙就是帅过潘安、俊超宋玉的旅日画家张晓东。

　　晓东是北京人，大学毕业去日本读了名古屋大学的研究生，后来又回到国内在中国艺术研究院把博士完成。据说学的是"东方人体艺术学"，对人体的熟知程度远超越常人。现在还是日本爱知大学教授。当然，为了延揽人才，吉大当时还给了他一个吉首大学张家界学院副院长的职位。但

---

① 日语：你好。

第二辑　情感微澜

是，所有这些都不重要。重要的是晓东是一个要颜值有颜值，有了颜值还拼才华的艺术家。

在出国之前，他学的是油画，基本功好生了得。其他不说，就说他在日本不久，就在圈内产生重大影响，以至于细川护熙首相也请他给自己画了肖像画。要知道，揽名人肖像画这瓷器活的，没有金刚钻想都别想。照说，沿着这条老路往前走，饭碗没问题。但是，晓东这颗喜欢折腾的心引诱他在现代绘画方面大举进攻。他在学习传统油画时，常常想以前不就是要学大师怎么画得像吗？好像这不难啊。再往前走，路在哪里？于是这颗爱折腾的心四处逡巡，寻找突破口。

还真的是功夫不负有心人，他攻城夺隘，又斩获一片新天地，在现代绘画方面，被日本艺术界誉为"日本的毕加索"。

都"毕加索"了，晓东依然不收手，又在动漫界搅和，这一搅和不要紧，竟然成了日本最有影响力的漫画家之一。不过，想来也有道理。日本是一个动漫大国，那种傻傻的、萌萌的、憨憨的动漫深入日本每个角落、每个阶层、每个年龄段。一种幽默夸张卖萌的艺术方式，"萌化"了现实冷漠，让人类心智感觉一片温暖。

在这一片动漫田野里，不被"萌化"都不可能。晓东真诚投入，全力创意，还把中国元素注入其中，经过数年努力，终于成为有巨大影响力的

⊙ 为日本首相细川护熙画肖像画

漫画家，同时也在不自觉中成为中日文化交流的优秀使者。

作为艺术大家，晓东无半点国内某些动辄以"大师"自称的艺术玩家的大师脾气。他有时候谦卑到你都怀疑"有诈"。可处久了，才发现这种谦卑还真是他做人的脾性，多年来就是这样。和他在一起，他那份谦卑都让你过意不去。与身边认识的国内诸多行业人士相比，我都觉得害臊，弄得我不得不写了一篇《不怕贼多，就怕大师多》的微文，抒发感受。有时候我真弄不明白，咱亲爱的同胞，为什么喜欢自吹自擂呢？为什么这个国度吹牛者竟然那么有市场呢？

这都是与咱无干系的问题，还是说晓东。这个晓东性格顽强到执拗，他不拼颜值拼才华，做事努力到累死。有时候把身边的人累死，他也在所不惜。印象最深刻的是，为了创办我校动漫专业，我想，与其到北上广的大学学习，买个二手货，炒碗冷饭吃，不如直接到日本去，向动漫最牛的国家学习，来个弯道超车不是更好？于是和晓东联系，请他帮忙联系日本最牛的动漫教育机构。晓东很给力，帮忙做好了一份考察日本的计划书。就这份计划，把我们一行五人累成狗。早上六点起床，要干到晚上十一二点才回家，中午不休息，同行者有一位到后来基本上是把背包拖在地上行走，骨头都快累散架了，那样子像打了败仗的散兵游勇，梦游一般东倒西歪走日本。

那次到日本，晓东安排十分到位。不仅去了日本唯一能授动漫本科文凭的宝冢造型艺术大学，还去了日本最大的电视台NHK、UFG银行等日本一流企业和单位。在名古屋还和当地工商艺术界大腕会谈。最有价值的是与宝冢造型艺术大学签订了合作协议。宝冢艺大每年派两位教师到吉首大学教书，吉首大学大四学生到宝冢艺大学习一年，NHK电视台将选择我校优秀的动漫作品播放。这是多么好的协议，可惜仅仅执行了一年，便由于我方原因中途停止。这件事是我心中最大憾事。要知道，那个时候国内动漫教育才刚起步，而与我校对接的这种国际平台在国内尚属先锋，如能坚持下去，成为国内先进也不是不可能。

近年晓东回国次数越来越多，还在北京办起了动漫"快乐公社"，在国内掀起了动漫热潮。大概是七八年前，他亲自策划和组织的"世界动漫美学大会"在北京召开，那阵容显赫夺人。《功夫熊猫》的制片人和导演来了，《一休》《尼尔斯骑鹅旅行记》的班底来了，还有很多不认识但都如雷贯耳的大角色也来了。老夫被晓东邀请，位列其中，跨界成小卒，躲在后面仰视晓东吆喝来的大牌轮番上阵表演，算饱了眼福。

晓东娶了个日本美女，在家里就只有伊里哇啦一顿。算起来，我们有十几年没见了吧？我到北京你回东京，我回湘西你到北京。真是两条道上的车，这十几年就没走到一起来过。时不时见你在朋友圈里冒个泡，知道你活得很潇洒，有空也到咱穷山沟里打个转，一杯清酒话长夜，岂不乐哉！

（2017.11.23）

我存在生命银行里的"利息"

受浔龙河创始者柳中辉邀请，赴长沙参加"中国首届乡村振兴大会新闻发布会"，匆忙和雪峰山公司黎明老弟告别，急行在娄邵怀高速上。突然想到，在冷水江我有一个好学生好多年未见。每次在这条高速上疾驰都会想到这个白白净净、矮矮胖胖、文静聪慧的学生。总是感叹因太忙与冷水江擦肩而过。这次行程只要当晚赶到长沙即可，时间有剩有余。想念不如见面。立马拨通卫平电话。遥远的那头传来熟悉的声音。他的声音极具形象性，就像在电影院看电影一样，熟悉的笑脸投射到记忆屏幕之上。那张阳光睿智微笑着的脸颊，配以韩版眯眯眼，穿越二十多年岁月，在脑海里浮现。

对卫平，有两个没想到。一个是他会回到家乡，安居家乡一个公务员位置，平静地活着。一个是他会产出一对儿女，且那么尽心尽职地做好人父。

他是我几十年大学教书生涯中所教过的属于第一流层次的优秀学生。哪怕万众说老夫夸学生就是为了替自己吹牛，还是禁不住即使自毁名誉，也要称赞这个孩子。

有的人聪明，但不够沉稳，他兼有；有的人厚道，但过于板滞，他厚道而兼机敏；有的人左右逢源，但工于心计，以利相交，他众口赞誉却源于心底澄明透亮无私；他特别能说，但无一句夸大其词，一诺千金。四年时间，同学们一直坚持推举他当班长，个小而有大哥美誉，自然，成了省级三好学生，成了优秀学生干部，成了品学兼优的好学子。

因此，我说他身上有两颗种子。一颗种子可以在行政管理方面发芽开花结果，长成栋梁之才。另一颗种子则可以在做学问方面有大作为。那颗能思的大脑，加上性格沉静，坐十年冷板凳不在话下。

在计划经济时代，他这样的学生可以在北上广和省会城市找到很好的工作。特别是他从头到尾都有一种规规矩矩做好接班人的天分（其实，他内心的思想和追求都有着顽强的个性特征），一定百分百可以到地方当"选派生"，凭他的才华和有条不紊的做事作风，做个把厅官几乎不用怀疑，或者成为个把有影响力的学者都不在话下。

可是，他没有。他选择在故乡这个不大的城市，平平稳稳、和和谐谐、甜甜蜜蜜地活着。像隐居一样，差点消失在我们的视野里。

卫平稳稳实实地做人，可以说，他是优秀的管理者、可爱的父亲、忠诚的丈夫、靠谱的朋友。在这个急功近利、红尘喧嚣的社会，他严守生命底线，高筑生命常态，善良地活着，勤奋地工作，亲爱同事朋友家庭社会，这样的人生，不是比那些把理想变成逐利，为事业弄成贪婪，甚至为出人头地卖友求荣的人生漂亮百倍！

如果天下人人都能像卫平那样，保持人品的洁净度、人性的纯良度，让生命有度有距、有尺有寸地展开，而不是慌慌张张到为实现目标抛弃做人底线，这个世界将会美丽可爱许多。卫平沉稳书写了四十多年的人生篇章，放在当下这个人性浑浊、思想异化的时代进行比照，显得稀少而珍贵。

最近，卫平组织了读书会，做得风生水起，他把我也拉进这个群里。群中全是这个小城里各行各业的有志青年。他们都以非功利的态度，在这个小型读书会中，拓展视野，锻造人生。我潜水其中，乐他们之乐，快他们之快，仿佛回到从前，过一把"恰同学少年，风华正茂，书生意气……"之瘾。

卫平这半生，已是修行中的"静修"，他参透了人性人生，早早地就走在如佛似儒有道的哲性之路上。

老夫退休五年了，现在浪迹江湖，走乡串寨，活在民间，行在云间。教了一辈子书，学生成百上千。有时走在一条陌巷中，突然迎面一人叫一声："张老师，我是你三十年前的学生！"真会让老夫"泪飞顿作倾盆雨"。学生，是我青春壮年时期存在银行里的生命之币，相忘江湖时那一声自报家门自称学生的呼唤，就是你们给我支付的生命之息。老夫心甘情愿地领受并快乐着。

卫平，假如你的人生是你交给老师的一篇作业，老夫定提笔给三个字：好！美！妙！

（2018.3.25）

老人言

人生仿佛坐过山车，空中翻飞腾挪几下就到黄昏路上了。日子就像泥鳅，你死命掐都掐不住。这个年份，对分秒的感受和少年、青年、壮年时完全不同。少年是一把把时间往天空随意抛掷，刚放完年夜炮就想一梦飞到第二年的年夜饭时刻。青壮年对时间的认识处在矛盾之中，有些日子想飞快翻过去，有些日子则会"打杀长鸣鸡"，恨朝晖来得太快。到了六十岁以后，时间感完全不同，就像穷困潦倒吝啬小气的商人，每一笔时间支出都像媳妇被人抢走那样心痛。

人生几大阶段，真像蒋捷所写：

少年听雨歌楼上。红烛昏罗帐。壮年听雨客舟中。江阔云低、断雁叫西风。

而今听雨僧庐下。鬓已星星也。悲欢离合总无情。一任阶前、点滴到天明。

同样是听雨，人生三阶段各种况味自然不同。

"点滴"似乎就是时间的滚动声。

于是就在盘点：一把青筋暴露，皮皱肉稀的日子该如何度过。

烟，是要抽的。吐纳山河，吸附岁月，怎么都是快意恩仇。

酒，是要禁的。元阳之精衰竭，丹田之气已无，与酒斗，无异自杀。

茶，是要喝的。人一老，各种机能下降，味蕾退化，消化功能也退化。原来只喝绿茶，胃寒加重，现在下午和晚上改喝红茶和黑茶。绿茶是白天的主打。

以前喝茶重结果。现在喝茶重过程，喝的是仪式、器具和氛围。

什么心情，什么时辰，什么朋友，选什么茶和壶。

友，是要交的。老友、老歌、老话、老事，都深深印入骨髓里，甚至染色体中，没有老友，就像敞气的酒，无味。

但老友也要甄别。那些永远以怨报德、以利相交、以权取人的，可弃之如敝屣。那些永远以诚相待、以心相交甚至以命相助的，要视同心脏一样爱护呵护。

新友，是一定要有的。他们代表你的生命开始新的故事、新的征程。他们会开启新的天地，带来新的信息和新的知识。

有些惰性，一辈子没改掉，那就说明有其存在理由，不改了。

有些优点，让你一辈子吃亏，都吃了一辈子亏了，反正剩下的日子越来越少，那就吃亏到底吧。这世界，总得有人吃亏啊。都玩深刻，玩寸利必争，没有亏家，哪来赢家。退一步，天高地远，让一寸，海阔天空。

有些原则，坚持了一辈子，到老了，咱也不能松懈。良心、底线、善美都不能放弃，一个都不能少。

少年向往大世界、大都市，向往大起大落、大悲大喜。老了，心动的是青瓦、石阶、木屐以及潺潺流水和嘤嘤鸟鸣。

少年用的是泼墨，讲究力透纸背，江山万里，鹰啸长空，唯恐辜负了满腹经纶，一腔热血。晚年，则是轻描淡写，粗茶淡饭，沉浸于牧童短笛、炊烟袅袅的田园梦幻之中。

含饴弄孙也是晚年的重要主题。《外公日记》写了近百篇了，准备继续写下去。如果生命允许，在外孙上大学或是成婚之日，将是姥爷把这本书作为礼品送他之时。不过现在有个麻烦。第二个外孙很快就要来到世界，写一个不写另一个肯定不公平，看来还得给老二写一本。

有几个老专题还想继续干干。最近又增了雪峰山湘军文化和精神的题材，增加了旅游研究的新视野。这里面价值非常之大，准备慢慢掘进，也希图有所斩获。

如此而已，老骨头，悠着点，慢啜慢饮，不会哽食，跟跟跄跄只要不停，前面总有好风景。

（2018.3.28）

兰如其人

前日，得作家颜家文先生不吝赐画，喜不自禁，惶不自持。家文先生长我几岁，曾经担任《芙蓉》杂志主编，湖南人民出版社和湖南文艺出版社编辑、编辑室主任。作品《长在屋檐上的瓜秧》《悲歌一曲》获全国第一、二届少数民族文学创作一等奖。家文先生文字隽永清秀，朴实质感，其作品曾经是我企图混进文学青年队伍之时的重要读本。不过这都不重要，湘西本就是个盛产文人作家的地方。重要的是，家文先生为人持重，寡言少语，端方正直，乡情浓重，是一位可亲可佩可交可念的长兄式人物。

见过很多作家，一旦码字出名，便"一阔就变脸"。家文先生永远是一副真诚待人的朴实的湘西表情。记得一二十年前，我的兄弟祁光禄博士带我去拜访家文先生。开始以为像拜访很多名人一样，会遭遇矜持甚或傲慢的对待，再不就是挤出来的谦虚和好客。家文没有，就像认识多年，也常常见面的老朋友，平缓和睦地随意聊着。感觉舒服，不用斟字酌句，就像田间地头遇到的熟人，没有寒暄套路，就随意谈天说地。

家文先生养了一对好儿女，都在京城做事。他退休以后，基本上移居京都，含饴弄孙和著文读书构成了新常态。我们从微信上能够时常看到他的动静。最近几年，家文先生开始绘画，主打兰草，且越画越精。三两几笔，山中兰草便活色生香长于宣纸上，仿佛微风一来，便会风动兰动。

我不懂绘画，但喜爱兰草，家中养有十来盆兰草。我养兰，不在名品，而在兰的朴实内秀，在兰的清芬淡雅；也不着意，更没有专业知识，与兰的关系就是共处一室的室友。每写作读书间歇，常于兰草边抽烟远眺，间或闻到兰香，沁心入脾，对人生常有顿悟之感。

古人喜兰。战国时代，就有"兰有国香"之谈。兰已经成为中华文化一种精神图腾。屈原《离骚》就有八九处谈及兰。他也自比兰草，清幽而自洁。家文先生喜兰而画兰，是性情的外化，先生人兰一致，高洁而平实，真是兰若其人。

谢谢先生了。

（2018.3.30）

生命多样性和DNA唯一性

二宝来到这个世界有九天了，模样从混沌状态逐渐有了两个家族的形貌共性，基因强大到能够穿越单个生命体的有效时限而绵延数千年。DNA的唯一性比任何思想都强大并经久绵长。考古学家就能从骨相上逆向或顺向找到一个家族千年血缘关系。DNA的霸权无可抗拒。

我家二宝虽然提前了四周来到这个世界，但是，他的生命力却顽强到不输任何合规合矩按时出生的婴儿。看来天生就是一个按照个性走自己的路让别人去说的角儿。这小子，大鼻子大眼，大长腿大脚，大长手大掌，如果一切顺利，估计是个爱好体育运动的高大个子。山东好汉，湘西豪杰。这文化基因如能继承下来倍儿棒。小子耶，万不可学那些酸不溜秋、假模假式、浑身上下弥漫阴损阉宦人格的家伙。

不过话说回来，"龙生九子"，个性和后天习得，则会演绎出不同的生命状态。这就是生命的多样性。

拿沈从文三兄弟说事儿，就能知道基因的霸道和个体的多样。三兄弟骨相上相近，个性上则相远。大哥行为乖张，人称大先生。二哥沈从文安静能思，三弟沈荃英俊潇洒，豪放阳刚。每个人都按照自己的个性，演绎了不同的人生。

再看黄永玉五弟兄，他们有一张五兄弟顺溜儿一排站着的照片。不看不知道，一看就能看到基因强大到跟模具倒出来的没两样，不同的仅是年龄的差异。

我家这大宝二宝才刚启开人生大幕，前后相差三年半，二宝跟脚很快，以提前一个月的速度追赶大哥。看你们你追我赶的，姥爷止不住在想，你们哥俩性格差异在哪里？又会书写怎样的人生故事？姥爷既是参与者也是旁观者，将牵你们的手，陪你们走上一阵子。在你们未来的道路上，看姥爷姥姥慢慢变老，姥爷姥姥则陪你们慢慢长大。姥爷姥姥争取用十到二十年光景，硬朗朗地活着，走进你们的故事中，陪伴你们，高兴着你们的高兴，幸福着你们的幸福……

（2018.4.20）

再见老狼

晚上阿朵请吃饭，在一个很惬意的露天平台上。

阿朵的音乐秀《生养之地》正在太合音乐集团紧锣密鼓地进行着。她出道之初就是太合音乐集团签约艺人。正当她红遍全国之时，突然急流勇退，沉潜内敛，消失在公众视野之中。哪儿去了？原来在新民族音乐方面她有自己的"阴谋"，几年下来，她的新作品，那种来自民族灵魂深处又贯穿当代时尚精神的作品，将掀起一股新民族音乐浪潮。老夫趁在北京看外孙的间隙，专程到太合音乐集团探班，为故乡这位"死里复活"的艺术家鼓掌。

到了餐馆甫一坐定，看见阿朵正在和一个高个子男子说话，没注意是谁，他擦肩而过时，阿朵特意拉着他给我介绍说："这位是……"我一回头，这不是老狼吗？定睛一看，果然是！

依然是那一头标志性的中分长发，只是略飘了些白霜。依然是那一脸中肯诚朴的脸庞，只是稍微胖了些。老狼以见陌生人的那种标准礼貌，把微笑挂在脸上和我握手。我握着这个在中国流行乐坛掀起浪潮的歌手说："老狼，我们十年前见过的啊。那时，我们吉首大学五十周年校庆，我是总指挥。当时专门请您来演出，记得吗？"

一点题，一说几个熟人的名字，老狼记起了这回事儿。他连声说："血色湘西，血色湘西！太记得了。那会儿毛哥的两个朋友，胖乎乎的，一边做菜一边说解放军来剿匪，他们吓得拔腿狂跑。"

看来湘西这个独特的地方独特的文化，让老狼留下了深深的记忆。

我说那时候原本请您唱两首歌，就是大家耳熟能详的《睡在我上铺的

⊙ 作者与老狼合影（阿朵/摄）

兄弟》《同桌的你》，完了学生们把巴掌都拍肿了，你又唱了一首。那一晚，你是整场晚会的高潮。

　　共同的话题激起了老狼的回忆，他脸上飞扬着久远记忆带来的快乐。

　　老狼是我喜爱的著名歌手。他唱的这两首歌都是高晓松的词曲。老狼以自己的独特理解，把晓松蕴积在曲词里那份青春骚动、青涩友情、懵懂爱恋，以及兄弟情怀传达得淋漓尽致。他浑厚的声线、诚朴的表达配以帅气的外表，一下子红遍了大江南北，把二十世纪九十年代大学生那份原本只属于寝室里黑灯以后掏心窝子的话题，以光明澄澈的色彩加以表达，不仅赢得了正值青春的青年人和刚刚走出青年行列的中年人的向往和怀念，更激起了年轻学子们的倾心喜爱。

　　音乐是所有艺术样式中最抽象也最撩拨心灵的形式，作曲家和歌唱家灌注进旋律中的意味，如一双捧着心肝儿的手，能捏得你舒服，也能捏得你痛苦。音乐有一种魔力般的代入性，一旦入迷，酸甜苦辣，静谧幽远，热闹喧哗和撕心裂肺几乎所有心灵场景都能瞬间被带入。在"音乐场"

中，癫狂痴迷，恍兮惚兮，痛极而后舒畅，缠绵而后决绝，无一种情绪不能表达，无一份哀乐不能宣泄。是故古人云："诗者，志之所之也。在心为志，发言为诗，情动于中而形于言。言之不足，故嗟叹之。嗟叹之不足，故咏歌之。"咏歌便为情感思想最高传达形式。

晓松和老狼正逢其时。他们把流行音乐往前推了一大步，糅进了社会多种层面的审美追问。小资喜欢，雅痞喜欢，高端人士如果还年轻依然喜欢，引车卖浆者只要不老一样喜欢。他们唱的就是成长中的青春男人向往成熟男人，有意识学着洒脱不羁，看破红尘，却又掩藏不住成长的痕迹。正如竹笋在抽笋剥壳疯长过程中，青嫩和成熟一并存在一样。这种细微的变化和情怀，是晓松和老狼火一大把的重要原因。

二十世纪八十年代初，沈从文先生在他的作品再版前言中不无悲哀地说："我和我的读者都已老去"。晓松和老狼创造的那个辉煌"乐段"，在当下乐界应该怎么评价，不得而知。但是，至少我觉得，他们的作品不会老，只是当年座中听众如老夫则已经老了。

老狼，今年吉首大学六十周年华诞，老夫退休好几年了，不再能代表学校，只能代表你当年的听众我自己，邀请你再来湘西，大碗喝酒，大块吃肉，如何？

（2018.5.10）

大姐莎莎

这次到深圳，最重要的是一定要见我的大姐莎莎。

大姐莎莎是安徽蚌埠人，与我这个湖南湘西的乡下人何以姐弟相称？这之中有一段绵延了七十多年的故事。

抗战期间，我父亲和湖北人邱枢庭到桂林去找党组织。他们当时在湖南的地下党组织被破坏了，听说上级转移到了桂林，于是追随到桂林，期望在这里找到组织。一天，两人在桂林街头吃马肉粉，邱枢庭看到他以前的熟人张绍华踽踽独行街头，那装束明摆着也是随难民流浪到此。他高兴得不得了，跑过去一把抓住张绍华，仿佛他会被丢掉似的，拥抱在一起，

三个年轻人在兵荒马乱的桂林街头重逢和新识，重演了白居易《琵琶行》"同是天涯沦落人，相逢何必曾相识"的漂泊场景。就这样，我父亲、湘西张志怡和莎莎父亲、蚌埠张绍华这一见，便结成了两家七十多年的生死之交。

邱枢庭对张绍华说，现在兵荒马乱，你干脆和志怡到湘西去，那里十万大山，鬼子进不来。

就这样，绍华伯伯和父亲在湘西茶洞省立茶师和所里（今吉首）省立九师教书。这一对青年在国难当头之际，努力发挥匹夫作用，朝气蓬勃，斗志昂扬，宣传抗战，教书育人。不是到处刷标语、画漫画，就是谱曲唱歌，指挥学生上街游行。父亲作词，绍华伯伯谱曲的《千山桃红》成为整个城市的"红歌"，街头巷尾都在传唱。因为这首歌曲暗喻着革命，父亲和绍华伯伯成为国民党的监控对象。

绍华伯伯属于多血质且具有浓厚知识分子情结的人。他读过杭州国

立艺专（浙江美院前身）和上海音乐学院两所大学，艺术才华极高。个性也极其倔强，喜欢的人，两肋插刀在所不惜，反感的人，无论权高位重还是家产万贯，都形同陌路。他和我父亲三观相同，他们亲如兄弟，情同手足。

湘西安顿后，绍华伯伯把可夫伯母请来湘西九师。经过千里跋涉，伯母带来了大哥张良丰。不久，大姐张莎莎也在战乱中的湘西这个世外桃源诞生了。

在湘西所里濡溪书院，两家人相濡以沫，相爱以诚，有难同当，有福同享，常常是徽菜湘菜一桌吃起。茶余饭后，父亲作词，伯伯作曲，伯母弹唱，两家其乐融融。到假期，父亲还带着两家人回到家乡麻阳岩门镇，在家乡的小溪里捉鱼摸虾，竹林里纳凉避暑。整个情节类同电影《城南旧事》里的场景。每每追忆父亲描述的故事，心中不由自主会升腾起一股淡

⊙ 和大姐张莎莎合影
（张淑萍/摄）

淡忧伤掺和着的温暖。

抗战胜利后，伯伯一家返回安徽老家。互相都说再见，但是万万没想到的是，父亲和伯伯在后来几十年中竟然没能再见。这对他们来说，绝对是一生最大的憾事。

中华人民共和国成立后，两位老人都在各种政治旋涡中朝不保夕，绝大多数时间都在交代问题，不是被批斗就是被游街示众，壮年时期最好的生命都在政治动乱中度过。直到"文革"结束，方才喘过气来，风烛残年中知道了双方的音讯，于是在战火中锤炼的兄弟情谊再次燃烧起来。

两人相约了好多次，可是都被各种事情耽搁了。双方的信件堆积如山。那份战火尚未烧毁的情谊持续到第二代人身上。十多年前，大姐带着她的儿子来了，父亲见到这个出生在湘西的小婴儿已为人母且美丽端庄，禁不止老泪纵横。不久大哥张良丰和夫人在大姐张莎莎的陪同之下从安徽赶到湘西。他们要重走父辈走过的路，重温父辈感受过的情。

这次深圳之行，无论多忙，我下决心一定拜会常住深圳的大姐，我们的父亲们共同点燃的友谊之光不会在我们手上熄灭。

大姐七十几岁，依然端庄秀美，依然神采奕奕，依然歌喉嘹亮。

我们两家在历史的大江大河中，不过就是随波逐流的小人物。但是，千百年历史中亿万小民却在这种大波大浪中演绎了人性的美丽和人格的高蹈。民族的根性，或许是思想家提炼的，但一定是政治家"锤炼"的，不过说到底最重要的还是千万小民们于千辛万苦、千难万险、千悲万凄中自我长成的。他们倔强不死，为了父亲母亲、兄弟孩子、朋友师长……为了生活生命，为了尊严理想，抱团取暖，相扶相携，走出了人格的尊严之路、友爱之路。

安徽张姓一家和湖南张姓一家的故事放在大历史中，连个顿号都不是，但是，在我们家族史中，那种危难之中见真情的光耀，值得世代记取。

（2018.6.9）

初识莽山忘归期

知道莽山却跟莽山壮美毫无关系，真是罪过。很多年前从央视《探索与发现》栏目看到陈远辉先生发现莽山蛇的事迹，才顺带知道了有个叫莽山的地方。我不是蛇类研究专家，佩服陈远辉牺牲精神之外，只知道莽山很大，但私心估计也就是一座大山而已。

直到校友张润怀到宜章任县长，不遗余力宣传宜章且每天发美图，才知道莽山之美有毒，看上一眼，无论是谁，都禁不住嘀咕今生今世不可错过。润怀也多次邀请老夫去考察，给基层干部讲讲乡村旅游，可总是阴差阳错，把莽山缘往后延宕。直到这次，在广州联系校友，返回长沙之际，正好要路过宜章，心想错过了几次山花烂漫，再错过那就是脑子烧坏了。

于是一头扎进了莽山怀抱。

就一个下午的时间，看了天台山和猴王寨，每一处都令人震撼。

去天台山的路上，森林遮天蔽日，掩藏其间时隐时现的小溪，在巨石中川流不息。行到平湖处，渊潭碧绿，倒映蓝天，水流平滑如绸如缎，一翠绿水鸟掠水而过，仿佛李可染先生画兰，尾翼在湖面上拖出一笔兰叶，美到极致，涟漪像棕榈树叶的骨翼，在小潭中拉开。遇有沟壑，溪流便喷珠溅玉，如万马奔腾，奋勇当先。溪边小坐，每立方米十万个负氧离子的小生态，你不心旷神怡肺敞亮都不可能。

公路盘旋而上，基本上是在森林里穿行，直到山的三分之二处，我们才像潜水员冒出海面一样，从碧波万顷的林海中冲将出来，飞奔山顶。到得山顶，海拔一千五百多米的天台山巅托举我们临空俯瞰千山万壑，极目遥望，非决眦不足以纵目远眺。物理境界一提高，心理境界便豁然开朗，且博大高远起来。此刻杜甫《望岳》所描绘的辽远浩瀚之感奔涌心头。

近身处，几座山峰刀劈斧削，伟岸挺拔。远望则苍山如海，巅峰如涛。登斯山，局促者能拓展心胸，怯懦者可提振胆魄，抑郁者能舒展心结，悲戚者或顿生豪情。天台山巅的空间纵横的渺远感与上下万仞的临空感交织构筑了登临者一种宇宙意识和生命怀想。与群山比，人有寿而山无涯，纵横天下，英雄也难辞白头，倾国倾城，美人毕竟归迟暮。老夫以六五高龄，临崖览胜，依山抱峰，吐纳云海，得莽山雄伟壮观之势，实为人生一大快事。

⊙ 莽山全景（张建永/摄）

"致仕"五年有余，归山隐林，足迹踏遍武陵雪峰山脉，如今登南岭山脉莽山峰顶，看万山奔涌，青霭缥缈，不禁百感交集，仿佛天地人三者在此处贯通交合，倍觉群山乃我道山，莽山是我灵山，此景此情再鼓老夫余勇，竹杖芒鞋，踏破青山……

返程时，谷副县长邀请登猴王寨。

猴子虽然同属灵长目，但老夫对其无甚好感。但是，谷县长热情介绍，刘承辉老总又热情相邀，却之不恭，还是决定走一趟，无非练一下老腿而已。记得当时还随口问了一句远吗？刘总说不远。于是就一脚踏进这条深涧，以为无非有几挂小瀑布几只顽猴而已。

谁知，猴王寨又是另一境界。其景观震撼性放眼全国看，在老夫有限感知中，不在第一，也定在二三位置之列。

⊙ 莽山远眺（吴优/摄）

　　猴王寨其实与猴关系不大，它的震撼性却世间少有。这里，山是陪衬，水是主角，深涧巨石沟壑是格局。山溪如虬龙，从垂直近两百米高的悬崖之上，以冲决一切落网之势跃入深涧，在坡度达七八十度的巉岩峭壁上，仿佛从天滚身落下，左冲右突，龙吟虎啸。它时而隐身石缝之中，时而跃出石崖之上，时而从乱石中变身十数条白龙腾空跃起，时而在涧槽中像一条白练飘飞而下。溪流逶迤回环长达两千多米。整条深涧云蒸雾起，雷霆万钧之势使深涧古松摇曳得枝丫乱颤。十瀑十潭，从天而降，远观如挂，仿佛镶嵌了十粒翡翠的白金项链，不知道是哪个遥远年代，哪位圣贤置放此处的定情之物。真个是海枯石烂都还悬挂天际，静候有凤来仪……

　　人一生都在寻觅。苍茫大地，喧闹都市，老夫作为匆匆过客穿行其间，但从未中断寻觅和求索。没有肝胆相照的挚友，你是精神的"鳏夫寡妇"，没有倾心喜爱的名山大川，你情无根系魂无祭台。

　　莽山，初识你就忘却了归路……

（2018.6.11）